두근두근 먹거리 기행

꽃미남 구르메

꽃미남 구르메~두근두근 먹거리 기행~ 하

초판 1쇄 찍은 날 | 2014년 7월 1일
초판 1쇄 펴낸 날 | 2014년 7월 10일

지은이 | 타치바나 유키노
그린이 | 미레이 아야네
옮긴이 | 이정화
펴낸이 | 예경원

편집책임 | 박우진
편집 | 오아현

펴낸곳 | 예원북스
등록번호 | 제396-2012-000132호
등록일자 | 2012. 7. 25
YRN | 제3-0006호

주소 | 경기도 고양시 일산동구 무궁화로 8-28 삼성메르헨하우스 712호 (우) 410-837
전화 | 031-819-9431 팩스 | 031-817-9432
http://blog.naver.com/ainandfin
E-mail | ainandfin@naver.com

ISBN 979-11-5630-827-0 02830
ISBN 979-11-5630-829-4 (set)

AIN PREMIUM SERIES

타치바나 유키노 글

미레이 아야네 그림

이정화 옮김

下

인
AIN

두근두근 먹거리 기행

꽃미남 구르메

*이 이야기는 픽션으로, 이야기에 등장하는 인물·단체·사건은
현실과는 무관합니다.

CONTENTS

※구르메(Gourmet)

프랑스어. '미식가', '식도락가'를 뜻하는 단어로서, 맛집 혹은 맛있는 음식을 찾아다니는 행위를 일컫는 뜻으로 자주 쓰인다.

〈사누키〉
타고난 매력남에 달아오르는 여심

그는 세토우치의 파란 하늘을 바라보면서 파란 그림을 그리고 있었다.

그런 그에게 말을 걸어본 것은 일과 사랑에 조금은 지쳐 있었기 때문일지도 모른다.

*   *   *

쇼도시마(小豆島)는 간장의 특산지로 알려져 있다.

"양질의 소금과 누룩이 발효되기 적당한 따뜻한 기후를 바탕으로 간장 산업이 발달했다……. 흐음… 그렇군…."

나는 파도가 조용하게 일렁이는 세토우치의 풍경 속으로

젖어들었다.

운전석의 레오가 그런 나를 향해 빈정거렸다.

"어쩌다 한번 취재하러 오니까 좋은 거지. 여기서 살라고 하면 넌 지루해서 하루도 못 버틸걸?"

"내가 넌 줄 알아?! 난 문제없어! 내가 한가롭게 지내는 걸 얼마나 좋아하는데."

"웃기시네!"

"진짜라니까!"

완만한 커브 길을 돌자 온화한 바다 위로 솟아오른 방파제 가 보였다.

그곳에, 캔버스에 그림을 그리면서 여유롭게 낚시를 하고 있는 남자가 있었다.

"레오. 차 잠깐 세워봐."

"응? 왜?"

끼익!

레오가 차를 세우고, 난 도로로 뛰어내렸다.

도로 옆 공터에서 남자는 누가 오든 상관하지 않은 채 그 림에만 열중하고 있었다.

"안녕하세요—! 여기서 뭘 잡고 계신 거예요?"

기사에 더할 얘깃거리가 될지도 모른다 싶어 말을 걸었는 데, 돌아보는 그 남자의 얼굴을 보고 심장이 덜컥 내려앉았 다.

머, 멋있어……!

부스스한 머리에 트레이닝복을 입고 있어서 마을에 사는 아저씨인 줄 알았는데!

말문이 막힌 나에게 그가 살짝 미소를 지어 보였다.

"가을엔 농어나 갈치가 많이 돌아다녀요. 운이 좋으면 삼치나 잿방어도 잡을 수 있고요."

눈앞의 풍경처럼 여유로운 말투였다.

"그, 그렇군요……."

"지금은 잡어밖에 못 잡았지만. 아, 직접 한번 해볼래요……?"

남자가 부스스 일어나더니 세워서 고정시켜 둔 낚싯대를 나에게 넘겼다.

"위아래로 살짝살짝 흔들어요."

"이, 이렇게요?"

말하는 대로 낚싯대를 흔들어봤다.

그러자 갑자기 낚싯줄이 바닷물 사이로 확 끌려 들어가는 느낌이 들었다.

"꺄앗……!!!"

"우왓! 잡혔어요! 빨리 릴을 감아요—!"

"안 돼! 못 하겠어요—!!"

격투 끝에 바닷물에서 쑥 건져 올린 것은, 이십 센티는 족히 되는 커다란 쏨뱅이였다.

"꺄앗—!!!"

그로테스크하게 생긴 생선을 보자 나는 다시 비명을 질

두근두근 먹거리 기행
꽃미남 구르메

렀다.

남자가 활짝 웃으면서 목장갑을 낀 손으로 쏨뱅이를 잡고, 능숙하게 입에서 바늘을 빼내더니 냉장박스에 던져 넣었다.

"좋았어. 오늘 저녁 반찬을 해결했네요. 고맙습니다."

엣, 오늘 저녁 반찬을 구하러 온 거야?

나는 몰래 그를 살펴봤다.

문득 캔버스를 보니 농도가 다른 파란 배경이 가득 칠해져 있었다.

"바다를 그린 건가요?"

"네? 아아…… 하늘이에요. 바다라고 할 수도 있겠네요. 제가 이래봬도 화가거든요. 전혀 팔리진 않지만."

그렇게 말하면서 웃는 얼굴은 마치 따뜻한 해님 같았다.

순간적으로 넋을 잃고 바라보는데 차 쪽에서 짜증스러운 레오의 목소리가 들렸다.

"어이, 아스카! 시간 없어! 빨리 가자!"

"안녕히 가세요."

남자는 그렇게 말하더니 나를 등진 채 다시 자리로 돌아갔다.

그리곤 다시 바다에 낚싯대를 늘어뜨리고 파란 캔버스에 붓질을 했다.

차에 올라타면서 다시 한 번 그를 돌아봤다.

그의 뒷모습은 세토우치 바다 끝에 점점이 떠오른 섬 중의 하나가 되어 더없이 한가로운 풍경을 자아내고 있었다…….

"진짜 좋다……."

"뭐가 그렇게 좋아?!"

마냥 기다리고 있던 레오는 볼이 퉁퉁 부어 있었다.

미안하다고 사과하고 우리는 서둘러 취재지로 향했다.

그뿐이었다, 그때는.

다시 만날 일 없는 사람이라고 생각했었다…….

*　　　*　　　*

간장 장인의 공방과 올리브 농원을 돌고 오늘의 취재는 종료.

레오와 둘이 공항 근처의 식당에서 저녁을 먹고 있는데 낮에 봤던 그 남자가 나타났다.

"아……."

나를 발견한 그 남자도 문 앞에 선 채 눈을 크게 떴다.

혼잡한 가게 안. 주인이 우리에게 합석하시겠냐고 소리쳤다.

"예? 에에……."

"…그럼 실례 좀 하겠습니다."

그는 머리를 꾸벅 숙이더니 내 옆에 앉아 어색하게 웃으면서 머리를 긁적였다.

"쏨뱅이가 저녁이라면서요?"

나도 따라 웃었다.

"여기서 먹으려고요."

남자가 말을 끝내기도 전에 주방 안에서 주인의 딸이 나왔다.

평소의 단골인지 남자와 그녀는 다정하게 말을 나누더니, 그녀가 냉장박스를 받아 들고 다시 주방으로 들어갔다.

"좋다! 이 가게에선 고기를 잡아오면 조리해 주나 보죠?"

"특별대우지!"

주인이 어깨를 들썩였다.

"보시다시피 인물이 훤하잖아. 우리 딸이 사족을 못 써서 말야~!"

남자가 다시 겸연쩍게 웃으면서 머리를 긁적였다. 아아… 그랬구나…….

얼마 지나지 않아 맛있게 요리된 생선찜이 나왔다.

사발 가득 쌓아올린 밥에는 나물이 잔뜩 얹어져 있었다.

"쥰(旬). 맥주 마실 거지?"

"그래도 돼?"

거듭 미안해하면서도, 그는 잘 먹고 잘 마신 뒤 돈도 내지 않고 가게를 나섰다.

"…돈 안 받아요?"

기가 막혀 나도 모르게 묻고 말았다. 가겟집 딸이 뺨을 붉히며 '괜찮아요' 하고 말했다.

"우리도 쏨뱅이를 두 마리 받았거든요."

뭐……? 그걸로 계산 끝이라고?

"섬사람들은 참 여유로워……."

나도 모르게 감탄이 새어 나왔다. 말없이 밥을 먹고 있던 레오가 '쯧쯧. 그게 아니지' 하고 중얼거렸다.

무슨 말인지 묻고 싶었지만, 금방 분위기에 휩쓸려 기회를 잃었다.

나는 하루 더 쇼도시마에 머물지만 레오는 마지막 배로 다카마츠(高松)에 갈 예정이었다.

우리는 급히 계산을 마치고 항구로 향했다.

한산한 선착장.

소파에 털썩 몸을 기댄 레오가 왠지 뚱한 표정으로 말했다.

"…있잖아, 아스카. 너…… 저 남자 조심해……."

"에? 준 씨 말이야?"

"언제 봤다고 이름을 불러? 바보! 저 놈팡이 자식, 널 노리고 있다고!"

"에에……??? 무슨 소리야? 저 사람은 여자친구도 있는데."

"바보. 그 여자는 여자친구가 아니야. 여자가 자기 혼자 좋아서 뒤를 봐주고 있을 뿐이지."

"엣, 그래?!"

몰랐다! 꽤 이야기 나눴다고 생각했는데!

"하여간 넌……. 넌 너무 둔해. 바보! 멍청이!"

나는 발끈해서 입을 삐죽거렸다.

"둔해서 미안하네! 그래도…… 당신 같은 늑대한테 조심하란 말 듣고 싶지 않네요!"

"난 가볍긴 하지만 놈팡이는 아니라고. 여자를 등쳐먹지는 않아."

"하아. 그러셔?"

"아무튼 조심해. 멍청히 굴다가 괜히 호구 되지 말고."

"말이 너무 심한 거 아냐?!"

"여자는 몰라! 남자 입장에서는 최악이라고, 저런 놈이!"

레오는 흥분해서 열변을 토한 뒤 페리에 올랐다.

떠나가는 페리를 보며 레오가 던지고 간 경고를 곱씹었다.

흐음……. 놈팡이라.

그런 식으로는 안 보였는데.

캔버스에 열심히 파란색을 입히고 있던 모습을 떠올렸다. 그리고… 그 웃는 얼굴…….

"나쁜 사람은 아니야. 가겟집 딸도 본인이 좋아서 해주는 거잖아. 그럼 행복한 거지."

그래. 곁에 있을 수 있는 게 행복한 거야.

나는 해안가를 터벅터벅 걸으면서 숙소로 향했다.

별이 쏟아지는 밤하늘이 길 위에 주르륵 이어졌다.

아무도 없이 나 혼자.

들리는 건 파도 소리와 작은 밤새 소리.

그런 사실을 자각하니, 왠지 모르게 한숨이 흘러나왔다.

하카타의 유스케 씨는 잘 지내고 있나…….

그리고 이세시마의 사키 씨.

그래, 홋카이도의 소타 씨도…….

내 몸과 마음을 죄다 앗아간 사람들.

하지만 난 언제나 도쿄로 돌아왔다. 편집부의 열기가 좋아서, 푸드 저널리스트의 꿈을 좇고 싶어서,

그리고… 그리고…… 편집장님…….

……응? 왜 여기서 편집장님 얼굴이 떠오르는 거야!'

아니야, 그게 아니야!

나는 머리를 절레절레 흔들었다.

그때였다.

밤하늘의 아래.

어디선가 여자의 달뜬 신음 소리가 들렸다.

"아아… 아…… 쥬… 운……."

엣?!

나는 깜짝 놀라 멈춰서서 주위를 두리번거렸다.

누구야? 어디서 들리는 거지……?

호기심을 참지 못한 나는 등불도 없는 좁은 옆길로 숨어들어 살그머니 소리가 들리는 쪽으로 다가갔다.

그곳은 마침 우리가 저녁을 먹었던 식당 뒤편이었다.

울창한 나무가 늘어선 작은 풀밭에서 가겟집 딸과 쥰 씨가 부둥켜안은 채 뒹굴고 있었다.

"아하……! 쥬… 운……!"

풀어헤쳐진 가슴 사이로 얼굴을 묻은 그의 머리를 껴안고 딸이 신음하고 있었다.

"그동안 왜 안 왔어……? 얼마나 외로웠는지 몰라……."

"미안. 그림을 마무리하느라……."

그렇게 말하면서 쥰 씨는 달빛 아래 하얗게 빛나는 가슴에 입을 맞췄다…….

"하아……! 으…… 하아……."

쥰 씨가 가슴을 할짝거리며 애무하자 그녀는 비음이 잔뜩 섞인 신음을 내뱉으며 고개를 좌우로 세차게 흔들었다.

'아앗! 밀회다…….'

나는 두근거리는 가슴을 쓸어내리며 마른 침을 꿀꺽 삼켰다. 예전에 오키나와에서도 이렇게 훔쳐본 적이 있었지.

하지만 그때보다 훨씬 은밀한 분위기가 흘렀다.

연인의 달콤한 밀회 같은 분위기에 가슴이 절로 설레었다.

"미안……. 그동안 소홀해서 미안……."

그가 거듭 속삭이면서 풍만한 가슴에 얼굴을 묻었다.

"괜찮아. 오늘… 이렇게 와줬잖아……."

그녀는 그렇게 말하면서 쥰 씨를 껴안고 다정하게 머리를 쓰다듬었다.

촉촉하게 젖은 애틋한 눈동자…….

올려다보는 그도 달콤하게 미소 지었다…….

봐! 저래도 두 사람이 사귀는 게 아니야……? 지금은 없는 레오에게 그렇게 받아쳐 주고 싶었다.

준 씨는 마치 어린아이처럼 그녀의 가슴을 쪽쪽 소리를 내며 세차게 빨았다.

"으흐… 아아…… 아아아……!"

몸을 배배 꼬면서 행복한 듯 미소 짓는 그녀.

신발을 풀밭에 아무렇게나 내던져 놓은 채 하얀 양말만 신고 있는 모습이 왠지 더 에로틱했다

가겟집 딸과 화가 커플이라……. 좋겠다…….

묘하게 달아오르는 스스로를 위태롭게 생각하면서도 난 왠지 그 자리를 뜰 수가 없었다.

이 이상 보면 안 된다고 생각했다. 하지만 너무 예쁘고, 또 정말 부러운 장면이라 자꾸만 눈이 갔다…….

"있잖아… 준……."

뺨이 발그레해진 그녀가 속삭였다. 준 씨가 고개를 들자 몸을 구부려 그의 이마에 부드럽게 입을 맞췄다.

"가게를 너무 비우면 엄마한테 혼나……."

"…알았어."

준 씨가 스르륵 몸을 일으켰다.

아. 이제 끝인가.

그렇게 생각했는데 갑자기 그녀가 자기 팬티를 내리기 시작했다.

그리고 다시 등을 대고 눕더니 두 다리를 활짝 벌렸다!

"…빨리 들어와."

순진해 보는 얼굴에 어울리지 않는 도발적인 자세. 우와… 대담하다……!

준 씨가 살짝 거칠어진 숨을 내뱉으며 그녀를 내려다보더니, 트레이닝복 바지에 손을 넣어 팽팽하게 부풀어 오른 그것을 꺼냈다.

'와아아……! 대, 대단해……!'

사이즈는 그럭저럭 보통이었다. 하카타의 유스케 씨 것이 훨씬 클 것 같았다.

하지만 하늘을 향해 날카롭게 솟아오른 실루엣이 너무 에로틱했다.

"…빨리, 빨리! 어서 넣어줘……."

사랑하는 사람의 물건이 흥분할 대로 흥분한 모습을 보자 더 이상 참을 수 없는지 그녀가 몸을 꼬며 졸라댔다.

준 씨가 빙긋 웃더니 금방 삽입…… 하는 줄 알았는데.

"으하아아악……!!!"

준 씨가 땅에 달라붙듯 몸을 엎드려 은밀한 곳을 빨자 그녀가 자지러지게 비명을 질렀다.

"윽……! 아… 안 돼……! 더러워… 쥬… 운……!"

"안 더러워… 맛있어……."

츄릅… 츄웁…… 할짝할짝…….

손가락으로 그녀의 꽃잎을 열어젖히며 달콤한 샘물을 빠는 소리가 나무 사이로 울려 퍼졌다.

그녀는 비명을 참으려는 듯 필사적으로 손가락을 깨물고

있었다.

"으으… 아학……! 수, 숨결이 느껴지잖아… 그렇게 빨면… 아아학!"

할짝할짝… 츄르릅…….

저, 저러는데 어떻게 소리를 안 질러……!

안 돼……! 저렇게 대담하게 굴다가 누가 오기라도 하면 어쩌려고……!

아슬아슬한 광경에 내가 다 가슴이 바짝바짝 타들어갔다.

조바심과 함께 아랫도리가 점점 뜨겁게 달아오르는 것이 느껴졌다.

쪼옥… 츄읍…… 츄으읍…….

준 씨가 손가락 사이에 팽팽하게 부풀어 오른 꽃봉오리를 끼우고 혀로 빙글빙글 돌려가며 그곳을 희롱하고 있었다.

"흐아아아! 쥬… 쥬운……! 아, 안 돼… 거긴……! 제발, 나, 나, 나……!"

그녀가 등을 활처럼 휙 구부리더니 준 씨의 머리채를 부여잡고 파르르 떨기 시작했다.

"아… 아… 아……!"

신음하던 그녀가 허억, 하고 크게 숨을 들이켰다. 그리고…….

"……아아아아아악!"

허리가 흠칫하며 강하게 튀어 오르다가 수풀 속으로 푹 잠겨들었다.

"하아… 으… 하아……."

그녀는 하얀 살갗을 붉게 물들인 채 어깨와 가슴을 위아래로 요동치며 헐떡였다.

이윽고 몸을 일으킨 준 씨가 손바닥으로 입가를 쓱 닦아냈다. 그리고…….

"아……! 준, 잠깐만……! 조금만… 쉬었다가… 아…… 아아아……!"

준 씨는 순식간에 아직 숨도 고르지 못한 그녀의 사타구니 사이로 파고들었다.

쾌감에 복받친 여자의 교성만이 밤하늘에 울려 퍼졌다.

"아아아……! 으으……! 준… 쥬우우우운……!!"

'대, 대단해……!'

마치 내가 안긴 것처럼 아랫배가 묵직해지면서 욕망의 샘물이 터져 나왔다.

그녀의 다리 사이로 포개진 그의 허리가 위아래로 움직이기 시작했다.

몸을 밀착시킬 때마다 관능의 비명과 함께 하얀 양말이 허공을 휘저었다.

"아아… 윽……! 준……! 아아…… 아, 아………!"

"하아… 하아……! 기분 좋아……!"

"저, 정말……?! 내, 내 거기…… 기분 좋아……?"

"응. 기분 좋아. 최고로 좋아……."

쉬지 않고 허리를 놀리는 준 씨의 이마에 굵은 땀방울이

맺혔다.

어딘가 어눌하고 동물적인 움직임이었지만, 얼싸안고 입을 맞추며 풀밭을 뒹구는 모습은 열정적이고 사랑에 넘쳤다.

아아…… 부러워…….

팬티 속에 손가락을 넣고 은밀한 계곡 사이를 문지르면서 나는 서로를 잡아먹을 듯 격렬한 연인들의 행위를 지켜봤다.

도저히 참을 수가 없어서 가운뎃손가락을 은밀한 동굴 사이로 밀어 넣었다.

"하아……!"

축축하고 뜨거운 느낌이 났다.

하지만 그걸로는 성에 차지 않았다…….

'아아… 나도 누가… 다정하게 키스하고, 정신을 못 차릴 정도로 세차게 휘저어줬으면…….'

눈앞의 준 씨가 몸을 일으켜 마지막 자세에 돌입했다.

그녀의 다리를 개구리처럼 접어 올리더니 자신의 양쪽 골반에 그녀의 발바닥을 갖다 놓았다.

그녀가 한층 더 달아오른 비명을 지르며 고개를 좌우로 세차게 흔들었다.

앗……! 저 자세! 죽고 싶을 정도로 부끄럽지만 엄청 깊이 들어오지…….

그녀의 다리를 고정시킨 채로 준 씨가 허리를 움직이기 시작했다.

"하악……! 하으윽……! 으으응… 앗, 아… 아, 아!"

발버둥치는 그녀의 손톱이 땅속에 박혔다.

준 씨는 거친 숨을 내뱉으며 말없이 허리를 놀릴 뿐이었다.

"아으윽……! 쪼… 쪼개질 것 같아……! 쪼개질 것 같아……! 쥬운……! 으하아아아앙……!"

짐승같이 소리를 지르며 그녀는 자기 가슴을 껴안았다. 그러지 않고는 어떻게 돼버릴 것처럼…….

"…아학…… 아아윽! 아악!"

준 씨가 그녀의 다리를 휙 들어 올렸다. 그리고 그대로 포개 옆으로 넘어뜨리더니 찍어 누르듯 허리를 놀리기 시작했다.

"히익! 으… 아아아앙, 아악! 준……! 나… 나 이제…… 으하아아아……!"

아… 대단해……. 저렇게 몸부림을 치다니……!

준 씨도 드디어 절정을 맞이하는지, 일그러진 표정으로 입을 꽉 깨물면서 밤하늘로 고개를 쳐들었다.

그리고 한 번 더 허리를 깊숙이 밀어 넣었다.

"흐아아아아앙……!"

아……! 대단해… 대단해……! 나마저 어떻게 돼버릴 것 같아……!

　　　　　*　　　*　　　*

　'휴우. 어제는 정말 엄청난 걸 봐버렸어…….'

　다음 날 아침.

　덜컹거리는 버스 안에서 한가로운 해변을 바라보며 난 한숨을 푹 내쉬었다.

　이후 호텔로 돌아와 달아오른 몸을 스스로 해결하려고 해봤지만, 역시 개운치 않았다.

　'이러면 안 돼! 정신 차리고 일에만 집중하자!'

　볼을 몇 차례 두들기고, 오기 전에 이미 몇 번이나 읽은 자료를 다시 한 번 훑어봤다.

　오늘은 제면소를 취재하는 날이다.

　소면은 간장, 올리브와 함께 쇼도시마 명물 중의 하나이다.

　갓 뽑아낸 소면이 건조대에 널린 채 바람에 하늘하늘 흩날리는 풍경은 쇼도시마를 방문한 사람이라면 꼭 봐야 할 낭만적인 장면으로 소문이 자자하다.

　원래는 한겨울에 하는 작업인데 공장 측의 배려로 특별히 시연해 주시기로 했다.

　그러니까, 멍하니 있을 때가 아니야!

　다시 한 번 마음을 다잡고 버스를 내렸다.

　하지만 공장 입구에 들어선 나는 깜짝 놀라 걸음을 멈추고 말았다.

거짓말! 왜 준 씨가 여기에?!

"어라? 당신은……."

"앗! 아, 안녕하세요……."

깜짝 놀라는 나에게 준 씨가 환하게 미소 지었다.

"자주 만나네요. 취재를 온다는 분이 당신?"

"그, 그러게요. 저기… 왜 여기 계세요? 직업이 화가라고……."

"아아. 가끔 여기서 아르바이트를 하거든요. 가끔."

그렇게 말하더니 준 씨는 하던 일을 계속했다.

가끔 하는 것치고는 능숙한 손놀림으로 소면을 가르고 있었다.

'아― 깜짝이야…….'

그곳은 공장이라기보다 작은 작업장에 가까웠다.

사장님과 사모님이 날 반갑게 맞아주시며 작업 순서에 따라 공장 안을 안내했다.

그리고 마지막에 사모님이 갓 삶아낸 소면을 맛보게 해주셨다.

"맛있어요―! 얇은데도 탄력이 있네요! 역시 일품이에요!"

"그렇지요? 사누키(현 카가와(香川)현의 옛 지명:편집 주)는 우동이 유명하지만 소면도 무시할 수 없답니다."

그렇게 말하면서 가슴을 내미는 사장님. 자부심을 가지고 전통을 지키는 모습에 절로 고개가 숙여졌다.

이럴 때 이런 직업을 가지고 있는 게 기뻐……!

그 뒤로도 소면을 뽑기 전부터 뽑을 때까지, 그리고 건조에서 운반까지, 모든 과정을 볼 수가 있었다.

충실한 취재에 대만족!

인사를 마치고 돌아가려는데 문을 열고 준 씨가 불쑥 들어왔다.

"부르셨어요, 사장님?"

"아아. 준. 오늘은 차 가지고 왔지? 오늘은 그만 가도 좋으니까 이 아가씨를 항구까지 모셔다 드려."

"예?! 아니에요, 괜찮아요! 버스로 돌아가면 돼요……!"

나는 깜짝 놀라 황급히 손을 내저었다. 준 씨가 '같은 방향이니까 부담 갖지 마세요' 하고 미소 지었다.

아니, 부담 갖는 게 아니라……. 그게 그러니까…….

난감한 표정으로 서 있는데 사장님이 짓궂은 표정으로 껄껄 웃었다.

"미남이라 주저하시는가?"

"아, 아니에요!!!"

아니, 사실은 그렇긴 하지만. 하아…….

굴러가는 게 신기할 정도로 낡아빠진 경차 조수석에 탄 나는 묘하게 긴장한 채 몸을 움츠리고 있었다.

아아… 괜히 어색해…….

설마 내가 연인과의 섹스를 훔쳐봤을 줄은 꿈에도 모르겠지.

준 씨는 핸들을 쥔 채로 콧노래를 흥얼거리며 가볍게 말을 걸었다.

"다음 취재지는 어디예요?"

"아아, 다카마츠에 가서 소문난 우동집을 돌 거예요."

"○○○에도 가요?"

"그럼요. 유명하잖아요."

"헤헤헤. 거기, 우리 집이에요."

에—?! 깜짝 놀라는 나를 보자 준 씨가 즐겁게 웃었다.

"나도 갈까…… 안내해 드릴까요?"

"엣, 그래도 괜찮아요?

"집에 얼굴을 비칠 때도 됐으니, 마침 잘됐죠 뭐."

그렇게 말하더니 준 씨는 핸들을 휙 꺾어 낡은 목조 아파트 앞에 차를 세웠다.

"잠깐 집에 들렀다 가요. 준비 좀 할게요."

"아아…… 네. 그러세요."

나는 머뭇거리면서 집으로 들어갔다.

"와아……!"

온 방 안에 파란색이 칠해진 캔버스가 가득했다.

그러고 보니, 처음 본 그날도 하늘을 그리고 있다고 했지. 그럼 이게 전부 쇼도시마의 하늘인 걸까.

"아름다워요……."

"그래요? 그럼 한 장 드릴까요?"

"엣, 그런 뜻이 아니라……."

"괜찮으면 선물하고 싶어요. 여행 기념으로."

아… 그럼…….

맨 앞에서부터 작품을 찬찬히 바라보기 시작했다.

전부 파란색으로 똑같아 보이지만, 잘 보면 조금씩 달랐다. 그 하나하나가 어떤 모습인지 세심히 살피자 알 수 있었다.

"하늘은… 매일매일이 조금씩 다르군요."

"뭐…… 그렇죠."

여유로운 대답.

금이 간 불투명 유리창 사이로 햇빛이 들어왔다. 파랗게 칠해진 배경이 물속처럼 말갛게 일렁였다.

"아……! 이걸로 할…… 꺄앗!"

엽서 사이즈의 작은 그림을 가리키며 고개를 돌린 순간, 준 씨가 웃통을 드러내며 옷을 갈아입고 있었다.

"죄, 죄송해요……."

얼른 고개를 돌리는 나에게 개의치 않고 준 씨가 내 손끝을 쳐다봤다.

"이렇게 작은 그림이 좋아요?"

"그야… 가지고 가기도 편하고……."

"아. 그렇겠구나."

눈앞에 무방비로 드러난 늘씬한 목덜미와 눈부신 가슴팍. 눈을 어디다 둘지 몰라 심장박동이 조금씩 빨라졌다.

얼굴을 붉히며 돌아선 내게 준 씨가 '놀라게 해서 미안해요' 하고 중얼거렸다.

"아, 아니에요……."

힐끗 돌아보니 왠지 쥰 씨도 얼굴을 붉힌 채 나를 물끄러미 내려다보고 있었다.

"……."

보기만 할 거야? 딴 생각이 있으면 어서 빨리…… 아니, 아니! 그게 아니라!!

"……."

"……."

둘 다 말이 없다.

무슨 말을 해야 할지 떠오르지도 않았다.

가만히 쳐다보기만 하는데도 얼굴이 점점 달아올랐다. 뭐야… 어색해……. 어떡하지……?

그때 갑자기 현관문에서 철커덕 철커덕 하는 소리가 났다.

"쥰? 쥰~! 안에 있지? 나 들어간다?"

"이런……!"

쥰 씨가 황급히 내 손을 잡아끌더니 벽장문을 드르륵 열었다.

"꺄앗!"

"미안! 잠깐 여기 있어요!"

'에엣~~~?!?!'

문이 닫히고 어둠 속에서 패닉에 빠진 나.

간발의 차로 벽장 너머 저쪽에서 애교 섞인 여자 목소리가 들렸다.

"아이 참~! 왜 이렇게 늦게 나왔어?"

"죄송해요. 옷 좀 갈아입느라……."

설마 어제 봤던 그 가겟집 딸?

아니, 아니야. 그보다 훨씬 연상인 여자 목소리야……. 왠지 귀에 익은 목소리인데…….

그렇게 생각하면서 나는 살짝 열린 벽장문에 귀를 찰싹 붙였다.

"…그 기자 아가씨는 갔어?"

소, 소면공장 사모님!

기억났다! 맞아, 그 사람!

엣~?! 말도 안 돼!

그 사모님은 아무리 봐도 준 씨보다 스무 살은 연상인데?!

아니! 그게 문제가 아니라! 부, 불륜……?!

"…항구까지 데려다줬어요."

"응. 잘 데려다 줬나 걱정돼서……."

어색한 침묵이 찾아왔다. 그러나 곧이어 쪼옥, 하고 입술을 빠는 소리가 들렸다.

"쥬…… 운……."

"하아… 사모님……. 저, 지금… 나가봐야… 하는데……."

"아이……! 그러지 말고 잠깐만, 잠깐만 하자……!"

"아, 안 돼요……! 사모님……! 잠깐… 잠깐만요……!"

철컥철컥, 급히 벨트를 푸는 소리가 들렸다. 잠깐만! 이 사람들 지금 대낮부터 그 짓을 하려는 거야?!

"어머머~ 오그라들어 있잖아……. 얼마나 혹사를 시켰으면…… 불쌍해라……."

"사, 사모님……! 안 돼요……! 저 진짜 나가봐야… 으윽!"

단말마의 신음 소리와 함께 츄읍, 츄으으읍…… 하고 뭔가 격렬하게 훌짝이는 소리가 났다.

"흐아……! 크하… 아… 사모님……!"

"아아… 준……. 맛있어!"

헉! 이… 입으로 하고 있는 거야, 지금?

벽장 안에서 몸이 후끈 달아올랐다.

"하아… 역시… 아직 팔팔해……. 순식간에 이렇게 커졌어."

"……."

"준…… 팬티 벗을 거지……? 내가 해줘?"

츄읍…….

"사, 사모님……! 저 진짜… 나가야 하는데…… 으학……!"

벽장 속에 사람이 숨어 있으니 당연하겠지만, 준 씨는 필사적으로 소면공장 사모님을 밀어내려 했다.

하지만 그것이 더더욱 사모님의 가슴에 불을 지핀 것 같았다.

"왜 그래……?! 벌써 나한테 질린 거야……?!"

"그, 그게… 아니라……! 아……! 크흑… 안 돼요! 그렇게 문지르면……!"

"아유… 귀여워라……!"

츄읍… 쪼오오옥…… 츄으읍…….

"아아아! 거긴 안 돼요! 거긴… 우… 으윽……!"

"후후후~! 끝이 벌써 말갛게 젖었는데? 사실은 기분 좋지?"

쪼옥…… 츄으읍!

츄읍…… 츄으으으읍!

쪼오옥…… 츄읍!

뭐, 뭐하는 거야~?!

입으로 엄청난 소리를 내고 있어!

저렇게 빨아도 괜찮아? 설마 저게 보통인 건가???

남자 경험은 어느 정도 있다고 생각하지만, 저런 소리는 처음 들어본다.

얼굴에 불이 난 것처럼 화끈거렸다.

"으아… 하아…… 사모님……! 안 돼… 쌀 것 같아요……!"

"아이~ 아직 안 돼……! 내 것도 맛봐야 하잖아. 안 그래?"

"아아… 사모님……! 하읍!"

"아아아훙……! 준… 핥아줘! 마음껏 핥아줘!"

그녀가 자세를 바꿔 냉큼 준 씨 위에 올라탔다. 서로가 반대 방향으로 보고 있는 자세…… 아앗!

엄마야……!!!

너무나 대담한 사모님의 행동에 내 쪽이 오히려 부끄러워져서 안절부절못해 버리고 말았다.

공장에서 만났을 때는 청초하고 정숙한 느낌이었는데, 그 이면엔 젊은 남성을 움켜쥔 채 저, 저렇게…….

"흐으으…… 아학! 거기……! 거기 빨아줘… 거기……!"

"아흡……! 흐… 으으읍!"

"아아아… 하악……!! 다, 다리에 감각이 하나도 없어……. 저릿저릿해……. 아아아… 쥬운……!!"

"하아, 하아, 하… 아압!"

"으아… 아아아아! 아, 아, 안 돼… 그렇게 세게 빨면…… 흐아아!"

"으합……! 하아압……!"

"아아아~! 미칠 것 같아……! 나 좀, 나 좀 어떻게 해줘! 쥰!"

오 마이 갓~!!

어둠 속에 웅크리고 앉은 내 머릿속에는 서로의 은밀한 부분을 핥고 있는 문란한 장면이 꽉 들어찼다.

난처해하던 쥰 씨도 어느 순간 격렬한 소리를 내고 있었다.

"으… 흡……! 하으읏……! 하아, 하아, 사모님……!"

"히이익! 아, 아, 아아아… 악! 쥰……! 그렇게 세게 가슴을 움켜쥐면… 아파……!"

"하아……! 하… 아흡!"

"아하악! 제발!"

부스럭거리는 소리가 나면서 두 사람이 자세를 바꾸는 것 같았다.

흥분에 젖은 거친 호흡 소리가 벽장을 타고 흘러들었다.

"하아… 하아…… 준… 가만히 있어……?"

보지 않아도 알 수 있었다.

…위에 올라탔어?!

아아! 나 정말 변태 같아!

벽장 안에 틀어박혔는데도 야한 소리에 흥분해서 머릿속으로 엄청 상상하고 있어.

지금도 봐, 준 씨한테 올라탄 사모님이 팽팽하게 부풀어 오른 물건을 잡고 자기 사타구니 사이로 쏙 집어넣는 장면이…….

낯부끄러운 상상에 두 손으로 얼굴을 감싼 순간, 벽장 너머로 짐승처럼 울부짖는 사모님의 교성이 들렸다.

"아아악……! 아아! 들어와… 준이 들어오고 있어, 아아아앙!"

"으윽… 흐아아아……!"

"아아응……! 준! 깊이 들어오고 있어……. 준이… 이렇게 깊이……!"

"하아… 아아, 사모님……! 어, 엄청 조여들고 있어요……!"

"좋아? 기분 좋아?"

찌걱찌걱. 두 사람의 격정에 젖은 소리가 사방에 흩날리고 있었다.

대담하게 내지르는 사모님의 비명 속에 쾌감을 애써 참는 것 같은 쥰 씨의 신음 소리가 섞여들었다.

"쥰……! 이거, 이거 어때?"

"크아아……! 안 돼… 사모님……! 못 참겠어요!"

"아아아~ 쥰……! 어때? 좋아? 젊은 애들보다 좋아……?"

"조… 좋아요! 크학! 말도 안 돼! 장난 아니게 조이잖아… 아아, 크으윽……!"

사, 사모님! 대체 어떤 테크닉을 가지고 있는 거죠?!

이게 바로 원숙한 여자의 매력인 걸까. 벽장 속까지 후끈한 열기가 전해졌다. 나는 그저 숨을 죽이고 진한 소리에 귀를 기울일 뿐이었다.

"아학! 뜨거워! 너무 뜨거워, 쥰!"

"크흐…… 사모님! 사모님!"

"사모님은 싫어……! 이름을 불러줘! 타에(多重)라고 불러 줘!!!"

"아, 안 돼요……. 그러면 사장님한테 미안해요……!"

"괜찮아! 우리만 조용히 하면… 아앙……!!"

"그, 그것만은……! 으으윽……!"

"하아! 부탁이야, 쥰……! 이름으로 불러! 타에라고 불러……!"

"안 돼! 안 돼! 그것만은… 정말……!"

"왜?! 왜 안 돼?! 아아아! 나, 나 이제……! 쥰! 부탁이야, 제발 이름을!"

"크윽…… 타에! 지금만이에요! 타에! 타에—!"

"아아……!! 준……! 미쳐 버릴 것 같아! 제발, 제발 안에다가……!!"

"안 돼! 안 돼요 타에! 얼른… 떨어져요……! 아, 아아……!"

아아…………!

＊　　　＊　　　＊

얼마나 오래 벽장 속에 머물렀을까.

드디어 현관문이 닫히는 소리가 나고, 벽장문이 드르륵 열렸다.

"……죄송해요."

준 씨는 면목이 없는 듯, 벌겋게 달아오른 얼굴로 시무룩한 표정을 지었다.

갑자기 밝은 빛이 쏟아지자 눈이 찌푸려졌다. 점심 먹을 시간쯤 됐나.

"……배고파."

준 씨를 올려다보면서 나도 모르게 그렇게 중얼거렸다. 준 씨가 얼굴을 누그러뜨리면서 웃음을 터뜨렸다.

"화 안 났어요?"

"화났다기보다……."

난 그의 손으로 눈을 돌렸다.

반으로 접힌 지폐가 들려 있었다.

"용돈 받은 거예요?"

"아……."

그가 당황한 듯 지폐를 바지 주머니 속으로 쑤셔 넣었다.

"필요 없다고 했는데……."

"그래도 받긴 받았군요."

나는 벽장 안에서 기어 나와 허리를 쭉 폈다. 으음. 뭐 상관없지만.

말없이 서 있는 그의 뒤로 조금씩 다른 파란 하늘이 아름답게 펼쳐져 있었다.

"…역시 그림은 안 받을래요."

"왜요?"

"그냥요. 그보다 어서 나가죠? 저 빨리 취재 가야 해요."

차 안에서도 페리 안에서도, 우린 말을 별로 나누지 않았다.

여자의 기분이 별로 안 좋아 보이면 굳이 나서 건드리지 않는다. 눈치가 빠른 타입이네, 이 남자.

나는 페리 갑판에서 바람을 맞으면서 작게 한숨을 내쉬었다.

구차하게 설명할 마음도, 뒤쫓을 마음도 없구나.

비겁하고 남자답지 못한 사람.

…그런데 왜 신경이 쓰이는 걸까.

묵묵히 파도 너머 저 멀리를 바라보던 준 씨가 입을 열었다.

"…나오시마(直島)에는 가나요?"

"…아니요."

"그렇구나. 이왕이면 거기도 들르면 좋을 텐데."

"예술적인 섬이라면서요?"

"네. 멋진 미술관이 있거든요."

"흐음……."

"모네의『수련』만을 걸어둔 새하얀 방이 있어요."

난 아무 대답도 하지 않았다. 알고 있었지만, 굳이 대꾸하고 싶지 않은 그런 기분이었다.

묵묵히 생각에 잠긴 나를 보자 준 씨도 다시 말문을 닫았다.

파란 하늘에 하얀 갈매기가 날아다니고 있었다.

"…우동, 기대돼요."

"먹는 걸 정말 좋아하는군요."

"푸드 저널리스트니까요."

그래. 일하자, 일!

이리저리 흔들릴 때가 아냐!

편집장님에게 겨우 다시 칭찬을 들은 지 얼마나 되었다고, 또 남자에 흔들릴 때가 아냐!

개운치 못한 기분을 떨치고, 난 다카마츠에 발을 디뎠다.

거기서 또다시 엄청난 광경을 목격할 줄은 꿈에도 모른 채……

＊　　＊　　＊

"아……! 준… 쥬운……."

창고 안에서 흘러나오는 소리에 솔직히 난 '또……?!' 하고 질려 버렸다.

제면소와 셀프 우동집을 겸한, 사누키다운 가게 구성. 인사를 드리고 취재를 겸한 시식을 기다리고 있는데, 주방에 있던 젊은 사모님의 모습이 갑자기 사라졌다. 그리고 준 씨 역시……

여기는 준 씨의 본가.

점심시간이 지나도 줄을 선 행렬이 줄지 않는 소문난 맛집이었다.

그만큼 바쁘고, 누구 하나 손을 쉬고 있는 사람이 없는 와중에.

어떻게 형수님까지……!

전쟁터 같은 주방에서는 누구도 두 사람이 사라진 것을 알아채지 못했다.

나는 기가 막히면서도 묘하게 두 사람의 행방이 신경 쓰였다.

주방 한 켠에서 취재용 사진을 몇 장 촬영한 뒤 슬그머니 빠져나왔다.

건물 뒤쪽, 소리에 이끌려 찾아간 곳에는 창고 같은 허름한 컨테이너 건물이 있었다.

소리는 그곳에서 흘러나오고 있었다.

좀 낡은 탓에 건물에는 작은 구멍들이 뚫려 있었다. 그곳으로 들여다보니 아니나 다를까.

역시나 사모님과 준 씨가 뒤엉켜 있었다…….

"아으…… 으……! 흐윽……!"

준 씨에게 안긴 사모님이 최대한 소리를 죽인 채 신음했다.

희미한 어둠 속에서 준 씨를 향해 치켜올린 둥근 엉덩이가 하얗게 빛나고 있었다.

"으흥……. 아, 아아……. 준… 좋아… 너무 좋아……. 아아아……!"

말도 안 돼!

얼굴을 붉히면서도 나도 모르게 결합된 부분에 눈이 가고 말았다.

아, 들어가 있어! 세상에……!

번들번들하게 빛나는 준 씨의 분신이 복숭앗빛 조개 같은 그녀의 중심에 들어갔다 나오기를 쉬지 않고 반복하고 있었다.

"으, 하악…… 하아아……!"

준 씨는 하아, 하아, 하고 가쁜 숨을 내쉬면서 마치 우동면을 반죽하는 것처럼 하얗고 부드러운 엉덩이를 주물렀다.

"형수님, 살이 정말 쫀득쫀득해요……."

"응……? 아… 그래……?"

"네. 매끌매끌하고…… 만지고 있으면 기분 좋아요……."

어리광 부리는 아이 같은 목소리.

애정이 듬뿍 묻어나는 분위기에서 준 씨는 그녀의 매끄러운 허벅지와 허리를 쓰다듬었다.

"아학……! 간지러워……."

그녀가 쑥스러운 듯 웃으면서 허리를 비틀었다.

준 씨가 그녀 위를 덮치듯 감싸 안으며 키스를 요구했다.

츄우…… 하고 입술을 빠는 소리가 들리더니 두 사람이 서로 미소를 나눴다.

아무것도 모르는 사람이 보면 꼭 연인처럼 보일 테지만…….

"있잖아, 준……. 빨리 가봐야 돼……."

"아아. 네……."

그녀가 조용하게 재촉하자 준 씨가 황급히 그녀의 허리를 붙들었다.

그녀는 아쉬운 표정으로 엉덩이를 빙글빙글 돌리며 준 씨의 허벅지에 몸을 밀착시켰다.

"으흐으으응……!"

그리곤 눈썹을 찡그리고 괴로운 신음을 내뱉는다.

뜨거운 그것이 내 몸속 깊숙이 박힐 때의 느낌이 떠오르자 내 그곳도 사르르 젖어들었다.

아아, 어제부터 계속 이런 장면만 목격하고 있어……. 어째서……?

"…윽!"

가슴이 쿵쾅거리면서 숨이 차올랐다.

이러면 안 된다는 걸 알고 있다.

하지만 나도 너무 하고 싶었다.

준 씨가 왜 자꾸 차례로 다른 여자를 안는 건지 알 수 없었다. 그것도 저렇게 달콤한 분위기로…….

…아무리 인기가 있어도 그렇지.

왠지 부아가 치밀었다.

그런데 왜일까.

나도 지금 너무너무 준 씨와 하고 싶었다. 달콤하게 안기고 싶었다.

준 씨와 뒤엉킨 채 몸부림치는 저 여자들처럼…….

준 씨가 그녀의 아랫배로 손을 두르더니 손가락으로 잔잔한 수풀을 헤치고 민감한 꽃봉오리를 찾아 파고들었다.

"하아악!"

무릎을 흠칫거리며 파르르 몸을 떠는 그녀.

하지만 금방 흐릿한 눈빛이 되어 준 씨의 손에 몸을 맡겼다.

준 씨가 손가락을 빙글빙글 놀릴수록 흐물흐물 녹아버리는 것처럼…….

"윽……! 아아아, 쥬… 운……. 거기는… 아, 안 돼……."

"안 되긴 뭐가 안 돼요……. 이렇게 젖어놓고……."

"시, 싫어! 거칠게 대하는 거……."

"거칠긴요… 형수님이 너무 섹시한 게 죄지……."

속삭이면서 준 씨는 다시 허리를 움직이기 시작했다.

신음하는 그녀의 목소리가 한층 더 높아졌다.

"아학! 그러지 마……! 거긴 안 돼, 죽을 것 같단 말이야……!"

준 씨가 밀착한 몸을 헤집듯 리드미컬하게 허리를 놀리면서 손가락으로 앞쪽의 돌기를 문질러대자 그녀가 허리를 흠칫거리며 몸부림쳤다.

"우, 아… 아아아! 쥬운……!"

그녀의 허리를 꽉 붙들고 짐승처럼 우악스럽게 허리를 놀리는 준 씨. 찌걱, 찌걱, 하고 푹 젖은 소리가 들려왔다.

소리를 참으려고 앙다문 입술 사이로 간간이 가쁜 숨소리가 새어 나왔다.

…아, 저러다가 사모님 곧 자지러질 것 같아.

초조한 내 그곳은 벌써 축축하게 젖어 있었고, 아마도 그녀와 마찬가지로 새빨갛게 부풀어 있을 것 같았다.

꽃봉오리를 건드리자 저릿한 감각이 등줄기를 타고 퍼졌다…….

…나도 하고 싶어. 나도 저 큰 걸 여기에 넣고 싶어…….

복받치는 여자의 본능을 억누를 수가 없었다. 아름다운 남자에게 안긴 눈앞의 여자에게 질투가 치미는 걸 막을 수가 없었다.

내가 이렇게 한심했나? 부끄러워. 하지만…….

"아, 아……! 아, 하아……!"

창고 안에서는 소리를 죽인 안타까운 신음이 점점 절정으로 치닫고 있었다.

준 씨가 엉덩이를 꽉 조이며 허리를 한 번 더 힘차게 돌린 순간, 그녀의 낭창낭창한 허리가 용수철처럼 높이 솟구쳤다.

"으, 하아! ……윽! ……!!!"

입술을 깨물어도 모기 소리 같은 신음이 새어 나왔다.

절정을 맞은 사모님의 안쪽 허벅지가 부들부들 떨리는 게 보였다.

안쪽이 강하게 조여들었는지 준 씨도 '크윽!' 하고 소리를 내뱉으며 눈을 질끈 감았다.

준 씨의 물건이 쑤욱 빠져나오자 그녀가 바닥에 무너져 내렸다.

한바탕 난리를 치렀는데도 그의 분신은 여전히 그의 허리까지 닿을 기세로 고개를 바짝 치켜들고 있었다.

준 씨가 가쁜 숨을 내쉬면서 쌓여 있는 밀가루 자루 위로 몸을 기댔다.

그의 물건이 정면에서 똑바로 보이자 내 그곳이 점점 묵직해졌다.

아이 참, 뭐야……. 뺨이 확 달아올랐다.

스스로의 한심함에 기가 찼지만 그로테스크해 보이기까지 하는 남성의 상징을 보자 아랫도리가 멋대로 반응해 버리는 것을 막을 수가 없었다.

이마의 땀을 닦으면서 일어난 그녀가 조금 곤란한 듯 이마를 찌푸리며 준 씨의 그것을 쳐다봤다.

"…미안. 준은 아직 모자랐나 보구나?"

"아니에요. 안에다 싸지 않으려고 버텨서 그래요……."

"왜? 안에다 하지……."

청순하게 생긴 젊은 사모님이 장난스럽게 미소 지었다.

"빨리 아이가 생겼으면 했는데."

"……형이랑 만들어야죠."

"들킬 리 없잖아. 어차피 형제인데."

사모님이 어깨를 움츠리고 키득키득 웃었다.

작은 꽃잎 같은 입으로 천진난만하게 저런 무서운 내용을 내뱉다니!

여자가 가지고 있는 무서움과 요염함에 몸이 오싹했다.

"…형수님은 너무 잔인하네요."

준 씨가 뺨을 일그러뜨리며 쓴웃음 지었다.

"막나가는 건 준도 마찬가지잖아? 안 그럼 저 사람이 우릴 가만 놔두겠어?"

사모님은 토라진 듯 몸을 벌떡 일으키더니 준 씨의 뺨에 입을 맞췄다. 그리고 부드러워 보이는 머리칼을 다정하게 쓰다듬었다.

"…멋대로 집을 나가고. 돈은 안 모자라?"

"충분해요. 쓸 일도 별로 없고."

"후후. 조만간 입금할게."

그렇게 말한 그녀는 그의 뺨을 다시 한 번 가볍게 어루만지고 서둘러 나가 버렸다.

혼자 남은 준 씨가 추위라도 느끼는 듯 몸을 약간 움츠렸다.

그리고 아직 욕망을 제대로 뿜어내지 못한 스스로의 분신을 쥔 채 무언가 생각에 잠긴 것처럼 눈을 내리깔았다.

자포자기한 듯한 분위기가 어린 그 얼굴은 어딘가 쓸쓸해 보이기까지 했다.

그는 낮게 한숨을 내쉬더니 스스로 물건을 문지르며 방출을 위한 자위를 시작했다.

"크으…… 윽……."

목울대가 위아래로 움직이며 괴로움이 뒤섞인 쾌락의 신음 소리가 새어 나왔다.

커다란 바나나 같은 물건이 손의 움직임에 맞춰 좌우로 흔들거렸다.

심장이 두근두근 고동치다 못해 멎어버릴 것 같았다.

아, 준 씨! 곧 나올 것 같아……!

혹시 나한테 용기가 좀 더 있었더라면 문을 열고 뛰어들었을지도 모른다.

나도 안아달라고 하면 그렇게 해줄 사람일 것 같다.

자기가 먼저 다가가 주진 않지만 오는 여자는 막지 않는… 그런 사람.

하지만,

그렇지만,

그럴 수는…….

이성과 욕망이 내 안에서 극심하게 맞섰다.

저 사람 일에 깊이 관여하고 싶지 않다. 하지만 몸이…….

그러는 사이 준 씨가 '웃!' 하고 신음을 내뱉으며 그의 정열을 밖으로 쏟아냈다.

아아…….

문득 아쉬운 마음이 밀려들었다.

그리고 다음 순간, 나는 화들짝 놀라 구멍에서 눈을 뗐다.

분출을 마친 준 씨가 내가 모든 걸 훔쳐보고 있었다는 사실을 처음부터 눈치채고 있었던 듯, 내 쪽을 물끄러미 바라본 것이다.

"사누키 우동의 면발에는 '카마아게(釜あげ)'와 '미즈지메(水締め)' 두 종류가 있는데, 제가 추천하는 건 카마아게에 날달걀을 넣고 간장을 뿌려 먹는 카마타마(釜玉) 우동이에요."

준 씨가 무뚝뚝하게 말했다. 나는 '그럼 그걸로' 하고 대답한 뒤 얼른 눈을 피했다.

하아… 어색해…….

준 씨 덕분에 한 시간은 기다려야 하는 인기 식당에 대기 없이 들어간 것은 좋았지만, 도무지 취재가 손에 잡히지 않았다.

내가 훔쳐본 것을 알았는데도 이 사람은 아무 말도 하지 않고 있기 때문이다.

아— 아, 이대로 가다간 또 편집장님한테 혼날 텐데…….

모락모락 김이 나는 카마타마 우동이 나왔다. 간장소스와 카츠오부시, 참깨가 듬뿍 얹어져 있었다.

얼핏 보기에는 잡스러운 음식 같았지만…….

"맛있어~! 면발이 탱탱하고 쫄깃쫄깃해서 목으로 넘어갈 때의 느낌이 좋네요! 맛이 섬세해요!"

"그렇죠? 우리 가게랑은 또 달라요."

준 씨는 약간 자부심을 느끼는 듯한 표정으로 말했다.

"다카마츠에만 우동집이 몇 개가 있는지 몰라요. 누구든 자기가 좋아하는 단골 우동집이 있고, 거기가 최고라며 다투곤 한답니다."

"역시 우동으로 유명한 마을답네요."

"카가와 사람들은 우동을 반찬으로 먹는걸요."

"엣, 정말요?"

"거짓말이에요, 거짓말."

하하, 하고 웃는 사근사근한 미소가 눈부셨다.

한편으로는 무섭다는 생각도 들었다. 마음속에서 무슨 생각을 하는지 종잡을 수가 없는 사람이니까.

약속대로 식후 산책길에 따라 나서면서, 난 준 씨와 눈이 마주칠 때마다 시선을 피했다.

그런 나를 탓하지도 않고, 그는 저녁에 나를 공항까지 바래다주었다.

차창 밖으로 석양이 지는 카가와의 풍경을 바라보면서 생각했다.

공항에서 레오와 만날 시각까지는 아직 여유가 있어. 차 마실 시간 정도는 될 거야.

스스로도 이상했다.

별로 얽히고 싶지 않은 사람이라고 생각하면서 왜 자꾸……

하지만 역시 말을 못 꺼내고 잠자코 있는 내게 준 씨가 무겁게 입을 열었다.

"……질렸죠?"

무슨 말인지는 굳이 설명하지 않아도 알 수 있다.

"질렸다기보다……"

난 한숨을 푹 내쉬었다.

"모르겠어요……"

또 다시 차 안에 침묵이 감돌았다.

준 씨도 한숨을 내쉬었다.

"저도…… 모르겠어요."

쥰 씨가 갑자기 핸들을 꺾자 차가 휘청하더니 땅이 듬성듬성하게 드러난 풀숲에 멈춰 섰다.

…아. 이러면 곤란한데.

나는 경계하면서 몸을 움츠렸다. 쥰 씨가 난처하게 웃으면서 내 얼굴을 물끄러미 들여다봤다.

"…안 돼요?"

안 된다고 하면, 안 할 거야?

좋다고 하면, 하는 거야?

나한테 결정하라고?

"…비겁해요."

"마찬가지 아닐까요?"

쥰 씨의 입술이 가만히 다가왔다. 우리는 진한 키스를 나눴다.

서로를 탐하면서, 어느 순간 입술도 혀도 타액도 한숨도 뒤죽박죽으로 뒤섞여 버렸다.

입을 다문 채로 쥰 씨가 조수석으로 넘어오자 난 다리를 벌렸다.

팬티가 젖혀지는 순간, 파고드는 뜨거운 충격.

"……윽!"

아아. 이렇게 갑자기…….

마치 그를 기다리고 있었던 것처럼 흠뻑 젖어 있는 스스로를 부끄러워하면서도 온몸에 퍼지는 저릿한 감각을 어쩔 수 없었다.

비좁은 차 안에서 다리를 구부린 채로 잘게 허리를 놀리는 쥰 씨 밑에서 몸부림쳤다.

"으으… 으, 아윽……!"

누가 보고 있는 것도 아닌데 난 무의식중에 입술을 깨물며 소리를 참았다.

분했던 것일지도 모른다. 이 사람한테 이렇게 안기길 원했던 것이…….

"여기 봐요."

"싫어… 요…….."

쥰 씨가 강하게 껴안듯 내 쪽으로 몸을 밀착시켰다.

벌어진 다리가 완전히 위로 쳐들렸고, 단단한 기둥이 뿌리 끝까지 내 안에 파묻혔다.

"우… 아아…… 아아윽……!"

나는 부들부들 떨리는 몸을 어떻게든 진정시키려고 이를 악물고 시트를 꽉 부여잡았다.

"소리… 더 들려줘요…….."

흘러넘치는 샘물을 휘감은 쥰 씨의 손가락이 내 민감한 꽃봉오리를 빙글빙글 돌리며 자극했다.

"앗! 거긴 안 돼요! 아학!"

쥰 씨는 저항하는 내 손목을 잡고 머리 위로 들어 올렸다.

양손을 꽉 붙들린 나는 눈물을 흘리면서 그 고문을 받아들일 수밖에 없었다.

"아, 아, 아, …아, 아앗………!

준 씨는 강하게 부드럽게, 깊게 얕게, 강도를 바꿔가며 날 뜨겁게 달궜다.

때로는 허리를 돌리고, 때로는 각도를 묘하게 바꾸면서 내 깊은 곳을 휘저었다.

위쪽의 꽃주름을 비비면서 미끄러져 내려온 그의 물건이 깊은 동굴 속으로 박혔다.

아, 안 돼……! 아아……! 다리가…… 저릿저릿해…… 마비될 것 같아……!

준 씨가 허리를 놀리며 그것을 내 안으로 깊숙이 밀어 넣을 때마다 한심스러운 울음소리가 터져 나왔다.

결합된 부분에서는 찌걱, 찌걱, 하고 질척한 소리가 났다.

"하으, 윽! 아, 안 돼요, 거기는… 제발! 아… 아… 아… 아……!"

"여기? 여기가 약해요?"

심술궂은 준 씨는 거기만 집요하게 공략하다가 이따금 깊숙한 곳까지 파고들길 반복하며 날 울부짖게 만들었다.

"아, 아, 아……! 제, 제발 그만……!"

준 씨는 다정하게 미소 띤 얼굴로 끊어질 듯 말 듯 신음하며 허리를 비트는 나를 들여다봤다.

"지금 너무 사랑스러워요… 아스카 씨……."

아……. 이름을… 알고 있었어…….

"우, 하아…… 아, 아! 아……! 준 씨… 나, 이, 이제……!"

"괜찮아요. 말해요 아스카 씨."

"이, 이제……! 이제! 하… 아앙……!"

쥰 씨의 키스에 허리가 용수철처럼 튕겨 올랐다.

부드럽게 밀려든 혀가 안쪽에 틀어박혀 있는 내 것을 강하게 말아 올리더니 세차게 빨아댔다.

"읍……! 흐으읍……."

아, 안 돼, 이제 정말……!

위와 아래에서 퍼져 나가는 쾌락에 머릿속이 텅 비면서 눈앞이 새하얘졌다.

"아…… 아아……!"

"크… 윽……!"

쥰 씨의 허리가 다시 들썩이기 시작했다.

*　　　　*　　　　*

"레오는 왜 안 와……."

탑승구의 소파에 몸을 기댄 채 활주로에서 소리도 없이 이륙하는 비행기를 바라보면서 혼자 중얼거렸다.

공항 앞에 나를 내리더니 어이없을 정도로 훌쩍 떠나 버린 쥰 씨.

원래 그런 사람인 줄은 알고 있었지만 왠지 서운했다.

조수석에 털썩 널브러진 나를, 그는 물끄러미 내려다봤다.

뺨이 발갛게 물들었고, 땀이 밴 이마에 머리칼이 어지러이 들러붙어 있었다.

물기 어린 촉촉한 눈동자.

하지만 마음속은 아무것도 보이지 않았다.

다만 아름다울 뿐이었다.

세토우치의 풍경처럼.

쓸쓸하다. 허무하다. 조금 괴롭다.

정체를 알 수 없는 이 기분.

눈물을 참으려고 눈을 질끈 감은 순간 레오의 목소리가 들렸다.

"아스카! 늦어서 미안!"

난 얼른 고개를 들어 업무 모드의 얼굴을 만들었다.

"뭐야! 왜 이렇게 늦었어?!"

"미안, 미안. 그건 그렇고 공항 도시락은 샀어?"

"앗! 까먹었다……."

"으이그! 느려 터지긴~!"

낄낄거리며 웃는 레오.

하지만 이내 '할 수 없지' 하고 콧잔등을 문지르더니 자! ' 하고 무언가를 내밀었다.

"그럼 이거 먹어. 세토우치의 명물, 붕장어 도시락!"

"엣?! 진짜?!"

"응. 이럴 것 같아서 두 개 사뒀지."

에? 내 것도 일부러……? 난 물끄러미 레오를 쳐다봤다.

"…너도 어쩌면 좋은 남자일지도 모르겠구나."

"이제야 그걸 깨달았냐? 설마 지금 나한테 반한 거야?"

"미, 미친 거 아냐?!"

아아. 평상시의 기분으로 돌아왔다. 다행이야……

그렇게 생각하면서 레오와 함께 탑승구로 걸어갈 때였다.

문득 나를 바라보는 시선이 느껴져 뒤를 돌아봤다.

…에엣?!

준 씨……!

배웅하는 사람들 사이에 뒤섞여 못 박힌 듯 서 있는 준 씨.

준 씨는 나와 눈이 마주치자 당황한 듯 얼굴을 붉히더니 발걸음을 돌려 서둘러 가버렸다.

어째서……?

"응? 왜 그래 아스카?"

"응? 아아. 아무것도 아니야."

왜? 알 수가 없다.

알 수 없는 것 투성이다.

그가 사랑한 세토우치의 하늘은 저렇게 투명한데.

「저도…… 모르겠어요.」

"얏호—! 붕장어 도시락! 맛있겠다—! 얼른 먹자, 얼른!"

"응! 빨리 먹자!"

나는 들뜬 소리를 내지르며 언제나의 동료와 언제나의 자리로 돌아왔다.

…역시 이 일은 엄청 애달픈 것 같아요, 편집장님…….

〈신슈〉
순정파 소바 장인의 열렬한 구애

보름달이 뜬 신슈(信州)의 밤.

장지문이 스윽 열렸다. 무릎을 꿇은 그가 이마까지 빨개진 채 날 물끄러미 바라봤다.

그리고 다음 순간, 눈을 질끈 감고 고개를 깊이 숙이며 말했다.

"…죄송해요. 잠이 오지 않아요."

난 이불에서 일어나 가볍게 가운 매무새를 정리했다.

하아…….

어쩐지 이렇게 될 것 같더라니.

"얇은 장지문 하나를 두고 누워 있으니…… 저라도 신경 쓰일 것 같아요."

그가 무릎을 꿇은 채로 손을 꽉 움켜쥐었다.

소바 장인다운, 거칠고 투박한 손이었다.

"…당신처럼 아름다운 여자가 곁에서 자고 있으면 어떤 남자라도 이렇게 될 거예요."

"그럴 리가! 전 인기가 하나도 없는 걸요~! 도쿄 남자들은 다 뭐하고 있담?!"

우스갯소리로 슬쩍 넘어가 보려고 했다.

어쩜 이럴 수 있지? 여행지에서 또 이런 일이 생기다니.

입을 꾹 닫고 있는 그.

콧날이 우뚝 선 단정한 얼굴이 충동을 참는 듯 애틋하게 일그러졌다.

"…전 산책 좀 하고 올게요."

그럴 마음이 없다는 뜻을 완곡하게 밝히고, 나는 자리에서 일어났다.

오늘 딱 하루 취재 때문에 만났을 뿐이지만 순진할 정도로 고지식하고 융통성이 없는 그의 성격을 알 수 있었다.

조금 서툰 사람인 것 같기도 하다.

그러니까, 괜히 흔들려서 그런 일을 하면 안 된다고 생각했다.

이미 지금껏 이런 비슷한 패턴으로 많은 남자와 엮였던 나다. 이쯤 되면 역시 학습할 수밖에.

거기다… 저렇게 순진해 보이는 남자에게… 더더욱 그래선 안 되는 것이다.

외투를 껴입고 방을 나가려고 하는 나.

그런데 용기를 쥐어 짜낸 것 같은 목소리가 내 뒤통수에 꽂혔다.

"제발 부탁이에요. 결혼을 전제로 저랑 교제해 주세요……!"

*　　　*　　　*

며칠 전.

"맛있어! 이거야말로 전통적인 토가쿠시 소바야. 이 가게 꽤 쓸 만한데?"

한 입 맛본 편집장님이 만족스러운 듯 탄성을 터뜨렸다. 토가쿠시 소바는 처음 먹어보는 나는 정확한 맛을 잘 몰랐지만, 입맛 까다로운 편집장님의 마음에 들었으니 분명 맛있는 것일 터였다.

"잡지에 실으면 좋겠군."

우리 잡지에 소개하고 싶다고 점원에게 부탁하자, 주방에서 생각보다 훨씬 젊은 청년이 모습을 드러냈다.

"칭찬해 주셔서 영광입니다."

긴장한 기색이 역력한 발그레한 얼굴로, 이쪽이 황송해질 정도로 깊이 머리를 숙인 이는 카미죠 카즈야(上條和也) 씨.

꽉 다문 입매와 늠름한 눈썹이 인상적인 잘생긴 청년이었다.

와! 사진 잘 받겠다!

…라고 생각하게 되는 건 직업병일까.

"앗! 그 사람이랑 닮은 것 같아요! 왜, 아침 드라마 중에서 아즈미노(安曇野)의 소바 가게가 배경이었던……."

어머! 그러고 보니 주인공 이름도 카즈였는데!

신이 나서 떠드는 내게 카즈야 씨는 점점 붉어지는 얼굴로 손을 내저었다.

"말도 안 돼요……."

"탤런트 닮았다는 말 많이 듣지 않았어요? 정말 잘 생기셨어요!"

"전혀요! 누가 저 같은 걸……."

한사코 손을 내젓는 카즈야 씨.

귀를 쫑긋거리던 홀 아줌마들이 자기들끼리 좋아하면서 법석을 떠는 걸 보니 분명히 많이 듣고 있는 말 같은데. 이렇게 필사적으로 부정을 하는 걸 보니 부끄러움도 많이 타는 모양이었다.

"아무튼 아직 젊은 분이 이렇게 훌륭한 소바를 내놓다니 놀랐습니다."

편집장님이 그에게 말을 걸었다.

"껍질을 벗기지 않은 메밀까지 갈아 넣은 남성적인 소바를, 굵은 대나무로 짠 원형의 소쿠리에 봇치모리로 담아 올리고, 고명으로는 토가쿠시 무. 김은 곁들이지 않는다. 그야말로 전통 방식 그대로의 토가쿠시 소바군요."

"봇치모리?"

낯선 단어에 나는 고개를 갸우뚱거렸다. 그게 뭐지?

"바보! 공부 좀 하고 다녀."

편집장님이 어이없는 목소리로 타박을 줬다. 카즈야 씨가 희미하게 미소를 보였다.

"봇치는 '다발'이라는 뜻이에요. 소바 면발을 한데 헝클어서 담은 것이 아니라, 말발굽 모양으로 길쭉하게 감아서 대여섯 타래를 얹는 방식을 그렇게 부른답니다."

"헤에~ 그렇구나……."

"그밖에 또 뭔가 다른 특징 발견한 거 없어? 아스카?"

편집장님이 나를 시험하는 눈빛으로 쳐다봤다.

너무해… 편집장님…….

나는 면발을 후루룩 빨면서 필사적으로 생각했다. …앗, 그래!

"이 소바, 물이 찍 나오네요!"

"네……?!"

카즈야 씨가 어리둥절한 표정으로 눈을 깜박였다. 편집장님이 크게 한숨을 내쉬면서 미간을 찌푸렸다.

"아스카. 아, 다르고 어, 다르잖아. 똑바로 말해야지……."

"죄, 죄송합니다! 으음… 그렇다면… 물기를 가득 머금은 좋은 소바……?"

"아… 내가 잘못 가르친 게 분명해. 아무튼… 그래, 씹을수록 물기가 배어 나오는 것이 토가쿠시 소바의 특징이지……."

편집장님은 고개를 설레설레 저으며 한숨을 내쉬었다. 난 하염없이 죄송해져 그저 어깨를 움츠렸다.

그 후 인기 식당을 몇 군데 더 돌면서 소바에 대해 자세하게 공부할 수 있었다.

그렇게 몇 시간이 흐르자 이미 배가 빵빵했다.

"편집장님! 온 김에 토가쿠시 신사에도 들렀다 가요—!"

핸들을 쥔 편집장님에게 힘찬 목소리로 제안했다. 날카로운 옆모습이 단숨에 누그러졌다

"너 이 녀석, 오늘따라 이상하게 더 신이 난 것 같은데?"

"엣! 그, 그래요……?"

예상치 못한 지적에 얼굴이 화끈거렸다. 그러고 보니 오늘은 아침부터 꽤 들떠 있었던 것 같기도 하다.

그게… 편집장님하고 둘이서 멀리 취재 나올 일이 드물어서 나도 모르게 그만…….

"토가쿠시 신사는 영험하기로 유명하대요."

"그래?"

"소바 특집이 대박을 치게 해달라고 빌고 가요!"

난 어쩜 이렇게 성실한 편집부 직원인지!

하지만 편집장님은 매정했다.

"미안한데 시간이 없어. 밤에 도쿄에서 약속이 있어서 슬슬 올라가 봐야 돼."

쳇… 그렇구나……. 편집장님이 시무룩해진 나에게 힐끗

시선을 던졌다.

"정 섭섭하면 넌 남아 있다 오든지."

"예?"

"신슈의 맛있는 음식은 소바만 있는 게 아니야. 공부하고
와."

편집장님은 토가쿠시 신사 앞에 나를 내려줬다.

에~! 둘이 같이 참배하고 싶었는데!

…차마 이 말까지 입에 올릴 수는 없었다.

운전석의 창문만을 내리고, 편집장님이 말했다.

"좋은 경험 쌓고 와."

앗, 오랜만의 격려 말씀!

…에 헤벌레 하고 기분 좋아질 때가 아니라고!

그러나, 내 기분이 어떻든 말든 나를 덩그러니 남겨놓고
휑하니 사라져 버린 렌트카. 기가 막혔다.

"…좋은 상사만 아니었으면 그냥 콱!"

그래. 확실히 나는 복 받은 것일지도 모른다. 이렇게 자유
롭게 공부할 수 있게 해주시니.

"…하지만 가끔은 같이 있어줘도 좋잖아."

일뿐만이 아니라, 맛집 순례뿐만이 아니라, 가끔은 관광도
같이…….

늘 있는 일인데, 오늘따라 왜 이렇게 아쉬운지. 난 괜히 길

가의 돌을 걸어차고는 돌아섰다.

신사의 입구 안쪽으로 아름드리 삼나무가 늘어선 참배길이 끝도 없이 이어져 있었다.

가이드북에는 도보로 사십 분 걸린다고 적혀 있었다.

봇치모리는 몰라도 그런 건 꼼꼼하게 알아보고 있던 내가 한심했다.

"왕복으로 한 시간 이십 분이라……."

혼자 그렇게 오래 걷고 싶지는 않았다. 들어갈까 말까 갈피를 못 잡고 서성이는데 주차장에서 낯익은 모습이 이쪽을 향해 걸어오는 게 느껴졌다.

"앗……!"

제일 처음 갔던 소바 가게의 꽃미남 청년이다! 그도 나를 발견하고 놀란 듯 멈춰 섰다.

카즈야 씨는 걸음을 멈춘 채 움직일 생각을 하지 않았다.

지나치게 깜짝 놀라는 모습은 역시 무척 우직해 보였고, 한편으로는 약간 귀엽기도 했다…….

"안녕하세요! 일이 벌써 끝난 거예요?"

달려가서 말을 걸자 카즈야 씨의 얼굴이 순식간에 빨갛게 달아올랐다. 후훗, 역시 귀여워♪

"예에……. 오늘 준비한 소바가 다 팔려서……."

"벌써 매진?! 대단하네요!"

"조금씩만 준비해서 그런 거예요……."

저 까다로운 입맛의 소유자인 편집장님이 인정할 정도의

솜씨인데 한사코 겸손을 떠는 모습도 좋아 보였다.

그래서 참배를 하러 온 건가? 그렇다면 같이 걸으면 되겠네! 이것저것 소바에 대한 것도 물을 수 있고!

…아니야. 그건 너무 뻔뻔한가?

그렇게 생각하면서 주저하고 있는데 카즈야 씨 쪽에서 먼저 말을 꺼냈다.

"…혼자 오셨어요?"

"네……. 편집장님이 일이 있다고 먼저 가버려서 외톨이 신세예요!"

"예? 아…… 하하…… 그럼……."

괘, 괜찮으시다면… 하고 말끝을 흐리던 카즈야 씨는…….

그리고 지금.

"…그때, 참배길에서 당신을 보고 얼마나 놀랐는지 몰라요."

카즈야 씨는 무릎을 꿇은 채로 날 똑바로 올려다봤다.

"한 번만 더 당신을 만나고 싶다고 생각하면서 신사에 가던 길이었으니까."

카즈야 씨의 눈동자에 눈물이 그렁그렁 맺혔다.

그때 우리는 토가쿠시 신사의 길고 긴 계단을 숨을 헐떡이며 같이 오른 뒤 나란히 신에게 손을 모아 기도했다.

그리고 카즈야 씨가 추천하는 향토요리 식당에서 곤들매기 요리를 맛있게 먹었다.

그래도 헤어지기가 아쉬워서 차로 드라이브를 하다가 갑자기 산속에서 엔진이 고장나 버린 것이다.

다행히 눈앞에 여관이 보여서 거기 묵기로 결정한 것도, 그 여관에 장지문 하나로 구분된 방밖에 남아 있지 않았던 것도, 모두 우연이었다.

하지만 피하려고 하면 피할 수 있었던 사태를, 결국 나는 내 의지로 피하지 않았던 것 같은 생각이 든다…….

"부탁이에요. 울지 마세요."

난 카즈야 씨에게 다가갔다. 곁에 웅크리고 어깨를 다독이자 카즈야 씨는 꽉 쥔 주먹으로 눈가를 쓱 훔쳤다.

"…만난 지 얼마 되지도 않았는데 이런 소리하면 바보 같겠지만, 당신한테 반했어요. 정말이에요."

밝고, 활기차고, 귀엽고, 음식도 정말 맛있게 잘 먹고…….
그런 칭찬을 하다가,

"…부탁이에요. 소바를 치대는 것밖에 못하는 시시한 남자지만, 결혼을 전제로 저랑 교제해 주세요……."

그렇게 말하면서 카즈야 씨는 다시 한 번 고개를 숙였다. 무릎 위에 놓인 주먹이 부르르 떨리고 있었다.

"카즈야 씨. 그만 고개 들어요."

나는 그의 얼굴을 물끄러미 들여다봤다. 결혼까지 생각하다니 역시 당신다운 진지함이라 생각한다. 하지만…….

"…카즈야 씨가 그렇게 말해줘서 정말 기뻐요. 하지만 난 당신한테 어울리는 여자가 아니에요."

이리저리 떠돌면서 그때마다 다른 남자한테 안기는 나.

그런 야하고 난잡한 여자인 걸 모르니까 날 원하는 것이다. 그러니까.

"마음만 받을게요."

분명히 그렇게 말했는데…….

"꺄앗……!"

깜짝 놀라 비명을 질렀다. 카즈야 씨가 갑자기 나를 아플 정도로 세게 이불 위로 넘어뜨렸기 때문이다.

"아, 아스카 씨……!"

그의 눈동자가 초조하게 흔들렸다.

하지만 무섭지는 않았다. 순진하고 착한 사람인 걸 알고 있으니까.

지금도 봐. 이 와중에도 내 어깨를 붙든 손이 부들부들 떨리고 있잖아?

"아스카 씨. 전…… 당신이 진짜로 좋아요……! 당신에 대해 아직 아무것도 모르지만, 그래도 당신이 좋아요……. 정말이에요……."

우뚝 선 콧날을 타고 눈물이 뚝뚝 떨어졌다. 난 가만히 그 뺨을 어루만지며 미소를 지어줬다.

"하지만 진짜 나를 알게 되면 분명히 내가 싫어질 거예요……."

"그럴 리 없어요! 전……."

"결혼은 안 돼요."

카즈야 씨가 실망한 듯 턱을 움츠렸다. 순정으로 가득찬 그 얼굴을 올려다보며 나는 말을 이어갔다. 가슴이 조금 아팠다.

"결혼은 할 수 없어요. 하지만…… 나랑 하고 싶은 거라면, 좋아요."

나는 카즈야 씨의 목덜미를 끌어당겨 입을 맞췄다. 그의 눈이 충격을 받은 것처럼 휘둥그레졌다.

봐요. 이런 여자일 줄은 몰랐죠?

"아, 아스카 씨……."

"아아. 하고 싶어졌어. 어서 안아줘요……."

꼭 얼싸안고 있는 탓에 팽팽하게 부푼 그의 분신이 가운 너머로 내 복부에 닿아 있었다.

뜨겁고 단단한 그 느낌에 여자의 스위치가 켜지고 말았다.

날 안고 싶나요?

당신이라면 좋아요. 날 황홀하게 해준다면…….

나는 손을 뻗어 한껏 성이 난 그것을 가만히 쓰다듬었다.

"우욱……!"

카즈야 씨가 몸을 움찔했다.

나는 한동안 가운 위로 불룩 솟아난 카즈야 씨의 분신을 위아래로 쓰다듬다가 브리프 속으로 손을 집어넣어 그것을 밖으로 꺼냈다…….

"아, 아스카 씨⋯⋯!"

당황한 것 같기도 하고 다급한 것 같기도 한 그의 목소리가 들렸다.

뜨겁고 싱싱한 점막의 감촉에 내 숨결도 거칠어졌다.

남자의 그것은 참 이상하다.

어떻게 이렇게 뜨겁게 부풀어 오를 수 있을까.

이불 위에 쓰러진 채로 카즈야 씨의 얼굴을 올려다보며 오른손으로 늠름하게 고개를 치켜든 그의 분신을 만지작거렸다.

마치 살아 있는 것처럼 탱탱하게 흔들리는 뜨거운 기둥.

그리고 놀라우리만치 단단히 올라붙은 두 개의 구슬을 감싸고 있는 벨벳 같은 살갗의 감촉⋯⋯.

"⋯크네요⋯⋯."

나는 늠름하게 고개를 치켜든 그의 물건을 쥐고 위아래로 문질러 봤다. 무의식중에 달콤한 한숨이 새어나왔다. 매번 혼란스러우면서, 이 느낌⋯ 너무 좋아⋯⋯.

카즈야 씨의 목울대가 꿀꺽, 하고 움직였지만 여전히 당황한 기색을 숨기지 못하고 꼼짝도 하지 않았다. 귀여운 사람⋯⋯.

난 그의 물건에서 손을 떼고 내 가운 허리띠로 손을 가져갔다.

잘 봐요, 카즈야 씨⋯⋯.

심장이 고동치며 온몸에 뜨거운 피가 솟구쳤다.

단단하게 묶인 끈이 스르륵 풀리며 가슴께가 헐거워졌다.

그리고 난 두 손으로 가운을 펼쳤다……

눈을 휘둥그렇게 뜬 카즈야 씨의 시선이 내 가슴으로 내리 꽂혔다.

아아…….

등줄기로 저릿한 감각이 퍼졌다. 신음하는 것 같은 카즈야 씨의 목소리가 귓가에 닿았다.

"…아름다워요……"

카즈야 씨가 더 이상 참을 수 없다는 듯 가운을 벗어젖히고 나에게 덮쳐들었다.

마음을 굳게 먹은 듯 내 입술을 훔치더니 혀를 입안으로 쑥 밀어 넣었다.

내가 먼저 유혹했는데도 몇 번이나 '미안해요……', '용서해 주세요……' 하고 반복해서 사과했다.

떨리는 손으로 가슴의 둥그런 둔덕을 조심스레 감싸고, 입술로 귓불과 목덜미를 핥았다.

서툴긴 하지만 나를 진심으로 아끼는 마음이 느껴지는 신중한 애무.

"…아아, …하아……"

나는 그의 팔뚝을 가만히 쓰다듬었다.

매일 열심히 소바를 치대는 팔뚝. 살짝 솟아오른 근육이 듬직하고 든든해서 이대로 쭉 몸을 맡기고 싶었다.

카즈야 씨의 입술이 우직하게 쇄골을 더듬고 어깨를 간질

이더니 드디어 소심하게 둥그런 언덕을 핥기 시작했다.

"하, 아아……!"

등줄기로 전율이 쫙 돋았다.

최근 계속 격렬한 섹스만 해온 탓인지, 조심스럽고 소극적인 입맞춤에 온몸의 세포가 알알이 곤두서는 것 같았다.

"으응…… 하…… 으윽…….."

아랫도리가 점점 촉촉해지는 게 느껴졌다.

애가 타고 몸이 달아올라 이제 그만 넣어달라고 말해 버릴 뻔했다.

하지만 난 눈을 감고 조금 서늘해진 밤공기와 그의 입맞춤에 몸을 내맡겼다.

마음대로 하세요.

당신이 하고 싶은 대로.

마음대로 사랑하고, 핥고, 키스하고, 쓰다듬고, 넣고, 맛보고, 먹고…….

하아, 하아, 하고 거친 숨을 내쉬던 카즈야 씨가 내 하얀 가슴을 황홀한 눈빛으로 바라봤다.

얼마나 부드러운지 확인하려는 것처럼 손으로 가볍게 주무르기 시작했다. 그 손의 움직임에 따라 내 가슴은 모양을 바꾸었고, 끝은 점점 단단하게 달아올랐다.

"아…… 후…… 아아…….."

카즈야 씨는 단단하게 솟아오른 내 유두에 조심스럽게 손바닥을 댔다.

"아하……!"

그대로, 닿을 듯 말 듯 한 상태로 손바닥을 빙글빙글 돌렸다.

"아, 흐아아…… 으으응……!"

너, 너무 흥분돼……!

저리다 못해 마비될 것 같은 느낌이 온몸을 덮치자 난 고개를 흔들며 살짝 몸부림쳤다.

"아름다워요……."

속삭이는 것 같은 낮은 목소리에는 진심이 뚝뚝 묻어났다. 좀 막다른 곳으로 몰아주길 원하는 내가 너무 때가 묻은 걸까…….

"카, 카즈야 씨… 역시 저는……."

"…아무 말 하지 말아요."

"카, 카즈야 씨… 나……!"

갑자기 카즈야 씨가 유두를 꼭 쥐자 '아핫……!' 하고 단말마의 비명이 터져 나왔다.

검지로 꼿꼿하게 솟아오른 돌기를 간질이자 몸이 흠칫흠칫 튕겨져 올랐다.

"으흐, 앗! 아……! 카, 카즈야 씨……! 히익……!"

"…단단하게 솟아올랐군요."

"아아… 그, 그게……."

카즈야 씨가 손가락을 빙글빙글 돌리며 오돌오돌한 돌기를 부드럽게 비비자, 왠지 사타구니 사이가 파르르 떨렸다.

"으, 으응…… 아! 후…… 아윽……!"

점점 아랫도리가 묵직해지고 무릎이 움찔움찔 경련을 일으켰다. 왜일까? 만지고 있는 곳은 가슴인데…….

뜨거운 샘물이 갈라진 계곡 사이를 적시기 시작했다.

멋대로 벌어지려는 무릎을 애써 오므리자 허벅지 안쪽에 땀이 차올랐다.

"아스카 씨……."

카즈야 씨가 하아, 하고 깊은 숨을 들이쉬더니 풍만한 언덕 사이로 천천히 얼굴을 파묻었다.

…아, 입을 맞추고 있어…….

곧이어 찾아온 달콤한 쾌락에 들뜬 가슴이 쿵쾅거렸다.

하지만 카즈야 씨는 내 가슴에 얼굴을 묻고 입술을 댄 채로 한참 동안 꼼짝도 하지 않았다.

감동에 젖은 눈빛으로 그곳을 물끄러미 바라보기만 했다.

"아름다워요……. 달콤해……. 꽃향기가 나요……."

아아……!

나는 두 손으로 얼굴을 감싸 안았다.

카즈야 씨는 나의 완만한 언덕 위에 조심스럽게 혀를 갖다 댔다.

그리고 소프트 아이스크림을 핥는 것처럼 가만히 내 살갗을 음미했다. 손가락으로 언덕 위의 작은 돌기를 살짝 거머쥐었다…….

"아, 아, 카즈야… 씨…….”

그렇게 다정하게 대하지 마세요.

나 같은 여자… 그렇게 소중하게 대하지 말아요.

코끝이 찡해지고 가슴이 꽉 조여지는 느낌이 들었다. 아마도 행복했던 것 같다…….

카즈야 씨가 괴로운 신음을 내뱉었다.

"…이제 떨어지고 싶지 않아요.”

나는 가슴에 얼굴을 묻고 있는 그의 머리를 가만히 어루만졌다.

짧게 일어선 머리칼의 감촉, 그리고 차가운 귀…….

"…춥지 않아요? 카즈야 씨.”

"아니…… 아스카 씨는 추워요?”

"아뇨… 따뜻해요…….”

카즈야 씨의 등에 팔을 둘렀다. 그가 고개를 들어 키스했다.

"으응…….”

까슬까슬한 수염이 턱에 닿자 비로소 남자에게 안겼다는 실감이 났다.

카즈야 씨가 다정해서일까?

학창시절에 처음 키스했을 때처럼 가슴이 두근거렸다.

커다란 입술에 파묻히고 싶었다.

"으응…… 하아…….”

맞닿은 입술을 통해 부드러운 감촉과 따뜻한 체온이 전해졌다.

나는 두근거리는 고동소리를 느끼며 가만히 혀를 내밀었다. 카즈야 씨의 혀끝이 내 혀를 부드럽게 말아 올리더니, 천천히 입속으로 잠겨들었다.

"…하아…… 흐…… 으응……."

꽉 부둥켜안고 하염없이 젖은 점막을 핥고 있자니 정말 연인이 된 것 같은 기분이었다.

이대로 진짜 연인이 돼버릴 것 같은 기분이 들었다…….

찰싹, 하는 물빛 여운을 흩뿌리며 입술이 멀어지자 투명한 실이 허공을 갈랐다.

"아스카 씨……."

카즈야 씨의 입술이 다시 내 뺨에 닿고, 귓불을 간질이고, 목덜미를 핥았다. 그리고 다시 가슴을 정성껏 애무하며 날 뜨겁게 달궜다.

날 조용히 돌아 눕힌 카즈야 씨가 등줄기를 따라 키스를 퍼붓자 나지막한 신음이 터져 나왔다.

"아……!"

"가만히 있어요……."

그대로 입술이 허리를 타고 내려가더니 엉덩이 사이의 골을 달콤하게 간질였다.

"으응……! 하아……!"

등줄기를 타고 소름이 쫙 퍼졌다.

시트 끝을 부여잡고 파르르 떠는 날 보더니 카즈야 씨가 못 참겠다는 듯 속삭였다.

"당신이 좋아요……."

카즈야 씨, 당신은 너무 다정해요…….

풀을 빳빳하게 먹인 하얀 베개 커버에서 산뜻한 향기가 났다. 여기가 여행지라는 자각이 들면서 왠지 슬퍼졌다.

어느 한군데 빠뜨리지 않고 꼼꼼하게 살갗을 쓰다듬는 손길을 타고 뜨거운 열이 전해졌다.

카즈야 씨가 만지는 곳마다 흐물흐물하게 녹아버릴 것 같았다.

"살이 정말… 매끈하군요……. 기분 좋아요……."

카즈야 씨는 또다시 날 올려다보며 마치 충성을 맹세하는 것처럼 발톱에 입을 맞췄다.

"왜요? 부치러워요?"

"…부치…… 러운 게 뭐에요?"

"부끄럽냐고요."

"응…… 조금요……."

하지만 너무 기분 좋아요. 행복해요…….

나는 눈을 감고 카즈야 씨에게 몸을 맡겼다.

온몸으로 오싹한 전율이 오르자 아우성을 치고 싶었지만 카즈야 씨 앞에서 흐트러진 모습을 보이는 게 부끄러웠다. 나는 입술을 꼭 깨물고 소리를 내지 않으려고 애를 썼다.

"으…… 하아……!"

카즈야 씨의 혀가 복사뼈에서 장딴지까지 타고 올라왔다.

단단한 혀끝이 무릎을 간질이자 허리가 움찔 하고 튕겨 올랐다.

하아…… 다리를 만져 주는 게 이렇게 기분 좋다니…….

촉촉하게 젖은 점막이 허벅지를 부드럽게 핥으며 올라오더니 수풀이 우거진 사타구니 사이를 할짝할짝 간질이기 시작했다.

"흐아아……! 으…… 하악……!"

아아……! 더 해줘요…… 더…….

거기, 조금만 더 깊이……!

마음속으로 그렇게 외쳤지만 심술궂은 그의 혀는 젖은 꽃잎을 건드리지 않고 멀어졌다.

작정한 것처럼 엉뚱한 곳만 간질이다가 다른 다리로 혀를 옮기며 애간장을 녹였다.

"아아, 카즈야 씨……!"

"응……?"

카즈야 씨가 시치미를 떼며 엄지발가락을 깨물자 목구멍 속에서 '아학……!' 하고 비명이 터져 나왔다.

발끝을 타고 저릿저릿한 전율이 퍼졌다. 나도 모르게 거기로 손을 뻗을 뻔했다. 이제 정말 참을 수가 없었다.

하지만 시트를 부여잡고 필사적으로 참았다. 부끄러웠다.

"하…… 으으…… 으응…….."

먼저 도발했으니 이미 늦었겠지만, 다정한 이 사람에게 이 이상 음란한 여자로 보이기 싫었다.

"아으…… 후, 아아……."

신음을 참을수록 숨이 점점 거칠어졌다.

그것마저도 부끄러웠다. 나는 달아오른 몸을 어쩌지 못하고 희미하게 허리를 흔들기 시작했다.

그 모습을 본 카즈야 씨가 스윽 몸을 일으키더니 내 다리를 벌렸다.

"아, 안 돼요……!"

하지만 카즈야 씨는 내 말을 듣지 않았다. 내 허벅지를 붙잡고 다리를 쭉 들어 올렸다.

"아아……!"

이미 엉망으로 젖어버렸을 게 분명한 그곳을, 카즈야 씨가 물끄러미 바라봤다.

"안 돼! 보지 말아요……!"

나도 모르게 두 손으로 얼굴을 감싸 안았다.

허벅지를 붙잡은 손에 힘이 꽉 들어갔다. 꿀꺽, 하고 침을 삼키는 소리가 들렸다.

"…이상하네요."

"네……?"

"당신 같이 귀여운 사람한테 이렇게 섹시한 것이 붙어 있다니……."

"아악……!"

나는 황급히 다리를 오므리려고 했지만 카즈야 씨는 더 세게 힘을 주면서 다리를 크게 벌렸다.

아아, 부끄럽단 말이에요…….

"왜 이렇게 젖었을까요?"

"그… 그거야 카즈야 씨가……."

허벅지까지 흘러내린 부끄러운 샘물이 밤공기에 닿아 서늘하게 느껴졌다.

꽃잎이 좌우로 활짝 벌어진 게 느껴졌다.

내 눈으로는 직접 본 적이 별로 없는 그곳을, 이젠 셀 수 없을 정도로 많은 남자에게 허락하고 말았다…….

"…정말 섹시한 모습이에요. …꽃잎이 활짝 벌어져 있어요."

카즈야 씨가 그런 말을 입에 담을 때마다 난 수치심과 후회에 몸을 떨었다.

카즈야 씨는 알까. 내가 벌써 몇 명의 남자에게 몸을 허락했는지. 아니면 아무것도 모르면서 그냥 무심코 던지는 말일까……?

달콤한 애무에 봉긋 솟아오른 내 꽃봉오리가 호기심과 욕망이 뒤섞인 그의 시선을 쐬고 터질 듯 부풀어 올랐다.

마, 만져줘요…….

차마 그 말을 입에 담을 수 없었다.

카즈야 씨가 거친 숨을 내뿜으며 지그시 바라보고 있는 것만으로도 그곳이 타들어가는 것 같았다…….

카즈야 씨는 하아, 하아, 하고 가쁜 숨을 몰아쉬는 나를 물끄러미 내려다봤다.

그리고 아직 망설이는 듯 어렵게 말을 꺼냈다.

"…정말 괜찮아요?"

아랫배가 간질간질하다 못해 저릿저릿하기까지 했다.

괜찮은 게 문제가 아니라, 오히려…….

빨리 해줘요…….

엉망진창으로 휘저어줘요…….

입으로는 말하지 못하고, 눈을 질끈 감으며 가까스로 고개를 끄덕였다.

아직 남자를 모르던 시절처럼, 앞으로 무슨 일이 일어날지 가슴이 갑갑할 정도로 긴장한 채로…….

"그, 그럼……."

달빛에도 알 수 있을 정도로 뺨을 붉게 물들인 채 나를 덮치는 카즈야 씨. 분명 저 긴장한 모습이 나에게도 옮아온 것이리라…….

그렇게 생각하면서 카즈야 씨의 등에 팔을 두른 순간, 그의 분신 끝이 나의 중심에 닿았다.

"아아……!"

뜨겁고 둥근 것이 촉촉이 젖은 꽃잎을 열어젖히고 얕게 잠겨 들어왔다.

아아, 와요…… 어서 와요…… 빨리……!'

나는 그것이 들어오기 편하도록 다리를 높이 쳐들었다.

순간적으로 멈칫한 카즈야 씨의 눈동자가 격렬하게 흔들

렸다.

'앗… 실수했다……!'

경박스러운 몸짓에 날 난잡한 여자로 생각하지나 않을까. 숨길 수 없는 스스로의 음란함이 원망스러웠다.

하지만 카즈야 씨는 빙긋 미소 지었다.

"힘 빼요……."

에……?

나는 주저하며 그를 올려다봤다.

"잘 안 들어가잖아요."

뺨이 확 달아올랐다.

에! 그, 그런…….

긴장을 너무 많이 했나……?

"숨 쉬고요……."

"네에……."

나는 카즈야 씨가 시키는 대로 하아…… 하고 숨을 깊이 들이마셨다. 그 순간 그의 분신이 내 단단한 곳을 뚫고 쑤욱 밀려 들어왔다.

"아윽……!!!"

아…… 아아아악……!

아……! 들어오고 있어……!

나도 모르게 온몸으로 그에게 매달렸다.

좁지만 늠름한 어깨가 위로 들썩거리기 시작했다.

"크…… 하악……!"

남자답게 솟아오른 목울대가 쾌감을 참는 듯 거칠게 뒤로 젖혀졌다.

카즈야 씨의 욕망이 내 안에서 한층 더 크게 부풀더니 내 벽을 뜨겁게 비비며 더욱 더 깊은 곳으로 파고들었다.

"아아아아윽……!"

아, 아직도 계속 들어오고 있어! 아아아, 안 돼……!

마, 말도…… 안 돼……!

아직도 더 들어오고 있어… 아아앙……!

가운을 입고 있을 때는 잘 몰랐지만 카즈야 씨의 물건은 다른 사람들 것보다 훨씬 길었다.

내 몸속 깊은 곳까지 휘젓고도 아직 모자라는 듯 더더욱 깊은 곳으로 파고들며 자극했다.

"흐아아아! 아……! 카, 카즈야 씨……! 이제, 아, 아 아……!"

아아! 이, 이제 그만……!

끝까지……끝까지 닿은 것 같아……!

하지만 차마 그런 말을 입에 담을 수는 없었다.

나는 그저 그의 어깨를 붙들고 고개를 절레절레 흔들며 눈빛으로 애원했다.

오히려 그 눈빛에 자극을 듯, 카즈야 씨가 내 다리를 벌린 손에 힘을 주며 압박해 왔다.

"아직… 더 남았어요. 조금밖에 안 넣었다고요……."

"하, 하지만……! 아…… 히익……!"

카즈야 씨의 분신이 내 안에서 크게 한 바퀴 회전했다.

"흐아아아아……!"

길고 단단한 기둥이 온 뱃속을 휘젓기 시작하자 나도 모르게 이상한 소리가 새어나왔다.

'아…… 부끄러워……!'

그렇지만 참을 수가 없었다. 그곳이, 그곳이……!

"으윽……! 흐아아……! 아, 아아……!"

카즈야 씨의 남성이 내 몸속에서 이리저리 머리를 들이밀며 날뛰고 있었다.

카즈야 씨가 허리를 세차게 놀리며 안으로 더 깊이 파고들수록 나는 점점 나락으로 떨어지는 느낌이었다.

아아아……! 나 좀……! 나 좀 제발… 아악!'

나를 쾌락의 끝으로 몰아세우면서도 카즈야 씨는 마치 처음으로 여자를 안는 순진한 학생처럼 눈을 질끈 감은 채 하아, 하아, 하고 가쁜 숨을 몰아쉬고 있었다.

"크으…… 아, 아스카 씨!"

아마 카즈야 씨는 모르겠지. 자신의 그것이 얼마다 대단한 물건인지.

"조금… 조금만 더…… 조금만 더 넣으면…….”

"흐아아아악……! 아, 아아아! 안 돼, 안 돼요! 그만……!"

나는 카즈야 씨의 어깨를 꼭 부여잡고 진저리를 치며 애원했다.

사타구니 사이로 은밀한 샘물이 넘쳐흘렀다.

카즈야 씨도 나에게 한계가 임박했음을 알아차린 것 같았다.

"미, 미안해요. 아팠어요?"

"아, 아니요……."

나는 숨을 크게 내쉬었다. 걱정스러운 눈빛으로 얼굴을 들여다보던 카즈야 씨의 얼굴이 안도감과 함께 누그러졌다.

카즈야 씨가 다정스럽게 내 머리를 쓰다듬었다.

"미안해요……. 내가 너무 서둘렀죠?"

"그게 아니에요……. 카즈야 씨가… 너무 대단해서……."

카즈야 씨의 뺨이 다시 동요한 듯 붉게 물들었다.

"대단… 하다고요……?"

"네……. 너무… 좋았어요."

나는 그렇게 말하면서 카즈야 씨의 어깨로 뺨을 가져갔다.

당신이 얼마나 대단한지 모른다고 칭찬하는 마음을 전하고 싶었다. 그런데…….

"…누구랑 비교해서 대단하다는 거지?"

카즈야 씨가 분한 듯 중얼거리더니 갑자기 몸을 세웠다.

"아, 으윽……!"

각도가 바뀌자 작은 꽃봉오리가 카즈야 씨의 분신을 따라 이리저리 휩쓸렸다.

안 돼! 몸이 또 멋대로……!

크게 벌린 다리 사이로 남자의 그것을 품은 채로 쾌감에 젖어 끙끙거리는 나를, 카즈야 씨는 왠지 복잡한 표정으로 내려다봤다.

싫어……. 그런 눈으로 보지 말아요.

그렇게 생각하면서도 나는 카즈야 씨가 허리를 놀릴 때마다 달뜬 신음을 내뱉고 있었다.

"…기분 좋아요?"

대답할 수 없었다.

기분 좋았다. 그의 분신이 내 몸속 깊숙한 곳에 박히는 이 기분이 말할 수 없을 만큼 황홀했다.

하지만 그렇게 말하면 분명 카즈야 씨는 슬퍼할 것 같았다…….

"으…… 하아! 아윽……!"

움직이지 않고 가만히 있어도 온몸이 짜릿짜릿했다.

카즈야 씨가 몸을 비틀면서 손가락을 깨물고 소리를 참는 나에게 조용히 속삭였다.

"아스카 씨. 정말 아름다워요……."

희미하게 눈을 떠봤다.

역시나 카즈야 씨가 약간 슬픈 기색으로, 하지만 다정하게 미소 지으며 나를 내려다보고 있었다.

"아름다워요……."

카즈야 씨는 다시 한 번 그렇게 말하더니 내 허리를 위로 쑥 들어 올렸다. 그리고 바닥과 허리 사이에 베개를 끼웠다.

아……!

이렇게 하는 사람이 있다는 얘기만 들었지 직접 해보기는 처음이었다.

내 허리를 베개로 꽉 고정시킨 뒤, 카즈야 씨가 다시 내 무릎을 잡고 다리를 벌렸다.

그리고 그 사이로 들어와 자세를 바로잡고 나를 물끄러미 바라봤다.

잠자리에서마저 무척이나 성실한 모습……. 하지만 그런 생각을 하고 있을 여유는 순식간에 사라져 버렸다.

카즈야 씨가 내 다리를 아플 정도로 넓게 벌리더니 은밀한 계곡 사이로 파고들기 시작했기 때문이다. 그것만으로도 나는 비명을 내질렀다.

"하아악……!"

이럴 수가……! 너무, 너무 대단해……!

긴 뱀이 혀를 날름거리며 내 깊은 동굴 속으로 파고들면서 온통 그곳을 헤집는 느낌이었다.

"하으으……! 아, 아……!"

카즈야 씨는 몸부림치면서 몸을 뒤트는 나를 꽉 붙잡고 도망치지 못하게 했다.

그리고 빠지기 직전까지 길게 자신의 분신을 잡아 뺐다가, 다시 저 깊은 곳으로 쑤욱 집어넣었다.

'아아아! 안 돼……! 그만……!'

깊은 곳까지 닿으면 끝이 구부러지듯 꿈틀대며 내벽을 샅샅이 훑어냈다.

카즈야 씨는 몸부림치는 나는 개의치 않고 스스로의 성이

찰 때까지 움직임을 멈추지 않았다. 파도가 일렁이듯 리드미
컬하게 허리를 놀렸다.

"흐아……! 으응… 아아아……! 아아, 카즈야… 카즈야
씨……!"

뜨거운 불기둥이 쉬지 않고 그곳으로 드나들었다.

깊이, 깊이, 우직할 정도로 깊이 들어왔다.

강하게 몰아치다가 갑자기 약하게, 부드럽게, 부드럽게,
때로는 허리를 돌리면서 삽입하는 각도를 바꾸고 내 안을 끈
질기게 휘저었다.

"아, 아, 아! …아, 아아……!"

이제 몸 안에 그곳밖에 존재하지 않는 것 같았다.

카즈야 씨의 몸과 연결된 그곳만이 내가 살아 있는 증거
같았다.

언제 끝날지 알 수 없는 쾌락의 향연. 몸에 힘이 하나도 없
고 그곳은 나른하다 못해 뜨거워졌으며 입에서는 달뜬 신음
과 타액이 섞여 나왔다.

"하아, 하아…… 아스카 씨."

카즈야 씨의 눈도 쾌락에 젖어 그렁그렁했다.

싸구려 여관의 얇은 이불 위에서, 잊을 수 없는 밤이 그렇
게 지나가고 있었다.

혹시 이 사람하고 결혼을 한다면…….

행복해질 수 있을지도 모른다.

하지만, 그에게는 지켜야 할 가게가 있고 나에게는 쫓아야

할 꿈이 있다…….

까슬까슬한 내벽을 자신의 분신으로 신중하고 조심스럽게 훑어보던 카즈야 씨의 분신이 드디어 내가 제일 쉽게 흥분하는 부분을 찾아냈다.

끝으로 쿡 밀어 올리자 나도 모르게 허리가 용수철처럼 튀어 올라갔다.

"아, 하악……! 거, 거긴 안 돼! 아악!!!"

"…여기가 약하군요?"

"으응……! 아, 하악……!"

"크윽! 그렇게 조이면……."

그렇게 신음하면서도 카즈야 씨는 그곳만 계속해서 공략했다.

끝의 끝까지 찔러 넣을 것처럼 허리를 밀어 넣었다가 뺐다가, 밀어 넣었다가 빼면서 집요하게 나를 쾌락의 끝으로 몰아세웠다.

"아, 아, 아…… 아, 하아……!"

나는 자지러지게 비명을 지르면서 허리를 꼬았다.

서로의 분신이 맞닿은 부분에서 찌걱, 하고 외설스러운 소리가 났다. 이제 아무것도 눈에 들어오지 않았다. 머릿속이 새하얘졌다.

내 허리를 붙든 카즈야 씨의 손에도 힘이 들어갔다. 허리를 놀리는 속도가 점점 더 빨라졌다.

"아윽! 아아… 카즈야 씨……! 나… 나 이제… 아아아……

아악! 흐윽……!"

새하얀 빛과 동시에 절정의 파도가 밀려들어 시트를 부여잡고 등을 활처럼 구부릴 때였다.

"하윽!!!"

나는 눈을 부릅뜨며 다시 한 번 세차게 비명을 내질렀다.

카즈야 씨의 손이 갑자기 내 꽃주름 사이를 헤집고 들어와 붉게 피어오른 꽃봉오리를 간질이기 시작했기 때문이다.

"크아아아아, 아악!! 안 돼……!!! 아아악!!!"

쾌락이 전류처럼 파지직 뇌관을 관통하고, 순식간에 이성의 댐을 무너뜨려 버렸다

까아아아…….

"까아아아! 안 돼…………!"

그 이후의 일은 잘 기억나지 않는다.

다만, 카즈야 씨가 더더욱 흥분해서 뜨겁게 젖은 꽃주름 사이를 헤집었던 것.

수치심에 몸을 떨면서도 이러다 미쳐 버리지 않을까 무서울 정도로 흥분에 젖었던 것.

결국 말도 안 되게 흐트러진 모습을 보인 것…….

마지막에는 실이 끊어진 마리오네트 인형처럼 맥없이 이불 위에 널브러져 있었다.

그런 나에게, 다정스러운 카즈야 씨의 목소리가 끊어질 듯 말 듯 들려왔다…….

"…내일은 가게 문을 닫아야겠어요. 오부세(小布施)에 데려가 줄게요. 젠코지(善光寺)도 아직 안 가봤죠……?"

알아요? 아스카 씨.

여자 때문에 임시휴업이라니, 나한테는 처음 있는 일이에요.

그 정도로 당신을, 이제는 정말 도쿄로 돌려보내고 싶지 않아요…….

*　　　*　　　*

"와―! 밤이 엄청 커요~♪ 맛도 좋네요~!"

"여기가 찰밥에 처음으로 밤을 넣기 시작한 가게예요."

"흐음……. 오부세가 밤으로 유명한 지역인 줄은 몰랐는데…… 핫!"

안 돼! 푸드 저널리스트가 너무 무식해 보이잖아. 없어 보이게…….

나는 어색한 표정으로 카즈야 씨를 올려다봤다. 피식 웃음이 터지면서 카즈야 씨의 눈매가 가늘어졌다.

"아스카 씨는 참 재미있어요."

"죄송해요. 정말 바보 같죠?"

"괜찮아요. 모를 수도 있죠 뭐."

다음으로 카즈야 씨가 추천한 것은 밤을 넣은 앙미츠(한천으로 만든 젤리 위에 팥소, 아이스크림, 떡, 과일 등 기호에 맞는 토핑을 얹고 시럽을 뿌려서 먹는 일본의 전통 디저트:역자 주)였는데 이게 또 얼마나 맛있던지!

"맛있어~~~! 밤 최고!!"

"하하. 마음에 드신다니 다행이에요."

"네! 정말 맘에 들어요! 오부세의 밤은 정말 질이 좋네요. 깜짝 놀랄 정도로 알이 굵고 달콤하고 고소해요."

"아아. 지형이 선상지이고 토양이 산성이라 좋은 밤을 생산할 수 있다고 하더라고요. 아마 단바(丹波) 밤한테도 지지 않을걸요?"

어깨를 으쓱하며 신나게 설명하는 카즈야 씨.

왠지 귀여웠다♪

"마을도 너무 예뻐요. 처음에 보고 깜짝 놀랐어요."

"네. 역사는 짧지만 꽤 잘 꾸며놨죠. 오부세가 알려진 건 이삼십 년 정도밖에 안 됐어요."

"그렇군요."

"좋은 밤이 나오니까 마을을 좀 더 발전시켜 보자고 지역 공동체에서 엄청 노력을 했다고 해요. 덕분에 지금은 사람들이 많이 다녀가고 있죠."

부드러운 미소를 띤 채로 관광객들이 오가는 창밖 거리를 바라보는 카즈야 씨.

"미력하게나마 저도 언젠가 지역사회를 위해 힘을 보탤 수 있었으면 좋겠어요……."

그렇게 중얼거리는 카즈야 씨의 눈동자가 눈부시게 반짝였다.

「…제발 부탁이에요. 결혼을 전제로 저랑 교제해 주세요……!」

그렇게 말해준 카즈야 씨.

우직하고 성실하게 소바를 만드는 장인.

하룻밤을 함께 지낸 뒤, 난 그에게 마음이 쏠려 버렸다.

하지만 결혼은 할 수 없다.

토가쿠시 전통의 맛을 지켜가는 그 사람 곁에 함께 하는 인생도 무척 행복하겠지만…….

내가 있는 장소, 분명히 오늘도 엄청 바쁘고 번잡스러울 편집부가 떠오르자 괜시리 한숨이 새어 나왔다.

카즈야 씨가 문득 물었다.

"…편집장님한테 전화 안 해도 돼요?"

"네?"

"아직 나가노에 있다고 혼나면 어떡해요."

"아. 괜찮아요. 나중에 해도 돼요. 이렇게 먹으러 돌아다니는 것도 업무의 일환이니까요."

"그래요. 즐거운 직업이군요."

그렇게 말하면서 미소 짓는 카즈야 씨의 얼굴에 왠지 모를 쓸쓸함이 서렸다…….

나는 괜히 가슴이 먹먹해져서 '편집장님께 전화 좀 드리고 올게요' 하고 자리를 나왔다.

"오~ 아스카! 언제 와? 지금 어디야?"

까불거리며 전화를 받는 레오.

"지금 오부세에 와 있어."

"뭐? 거기가 어딘데."

"나가노(長野) 현이야. 왜, 밤의 특산지 있잖아."

"헤에……. 그래?"

"엣, 거짓말! 몰랐어?"

레오가 모르다니, 놀릴 수 있겠다!

"공부 좀 하고 사시지?"

"시끄러. 바보 아스카. 너한테 그런 소리 듣고 싶지 않아."

나는 원래 알고 있었던 척 거드름을 피우며 실컷 레오를 놀린 뒤 편집장님을 바꿔달라고 했다.

낮고 부드러운 목소리가 전화기 너머로 흘러나왔다.

"…아스카?"

내 이름을 부르는 나직한 목소리에 가슴이 살짝 두근거렸다. 목소리가 어쩜 이렇게 좋은지…….

"아직 나가노야?"

"네. 지금 오부세에 있어요."

"오오, 그래?! 그럼 밤양갱 사와. 그리고 밤모나카랑 밤롤 케이크랑 밤절임이랑 멜론 피낭시에랑……."

아까 한 말 취소. 그냥 단순한 먹보일 뿐이다

내가 질리든 말든 상관 않고 편집장님은 말을 이었다.

"젠코지에는 가봤나?"

"아뇨, 아직……."

"그래? 그럼 꼭 가봐. 입구의 상점가에 보면 맛있는 살구 과자를 파는 데가 있는데……."

헉. 자세히도 아시네. 근데 웬 살구?

"몰라? 나가노 현은 일본에서 살구 생산량이 가장 많은 지역이야."

이런 바보 같으니라고~ 하고 핀잔을 주는 편집장님의 목소리에 슬슬 설교를 시작할 기미가 보이기 시작했다.

"살구 농원 같은 곳도 있을 거야. 혹시 시간이 되면 거기 도……."

"네! 다녀오겠습니다!"

나는 서둘러 전화를 끊은 후 자리로 돌아와 카즈야 씨에게 투덜거렸다.

"편집장님도 참……. 이거 사와라, 저거 사와라, 어찌나 말씀이 많으신지!"

"후후. 이 지역에 대해 자세히 알고 계신가 보네요."

그럼 젠코지로 가볼까요? 그렇게 말하면서 카즈야 씨가 미소 지었다.

주차장으로 걸어가는 길에는 제대로 울타리도 쳐 놓지 않은 과수원의 사과가 새빨갛게 익어가고 있었다.

신슈에는 그런 풍경이 여기저기 널려 있었다.

손을 뻗으면 간단히 잡히는 거리에 맛있어 보이는 사과, 사과, 사과…….

우우우, 대단해~!!!

"응? 아아. 그러고 보니 도쿄 사람한테는 신기한 풍경일지도 모르겠군요."

"네! 사과나무라는 게 생각보다 키가 별로 안 크네요. 이렇게 잔뜩 열려 있는데 사람들이 다 따 가면 어떡해요?"

"이 동네 사람들한테는 일상적인 풍경이에요. 사과나무를 뜰에 심어놓은 집도 많은걸요."

카즈야 씨는 까짓 거 몇 개 따 가면 어때요? 하고 말하면서 다정하게 내 머리를 쓰다듬었다.

"칫……."

"하핫. 사줄 거예요. 사과쯤이야 얼마든지."

"응? 누가요?"

나는 멀뚱한 표정으로 카즈야 씨를 쳐다봤다.

'앗!' 하고 소리치는 카즈야 씨의 얼굴이 살짝 붉어졌다.

"방언이라 이해를 못했겠구나……."

"네?"

"아아. 나가노에서는 『~해 드리겠다』는 표현을 『~해 주겠다』고 하거든요."

헤에…… 그렇구나.

그럼 그게…….

"사주겠다고 말한 거였어요?"

"네. 뭐 사과쯤이야…… 얼마든지."

그러면서 사과보다도 훨씬 새빨개진 카즈야 씨. 정말로 귀여운 사람. 그리고 친절한 사람…….

나는 다정하게 그에게 팔짱을 꼈다.

팔짱을 낀 손에 힘을 꼭 주자 카즈야 씨의 얼굴이 더더욱 붉어졌다. 코트를 걸친 어깨에 고개를 기대자 어렴풋하게 남자 냄새가 났다.

"왠지 안심이 돼요……."

"네?"

"…아무것도 아니에요. 얼른 젠코지에 가요!"

"소한테 이끌려 젠코지~ ♪"(일본 설화에 기반을 둔 속담으로 자신의 의사와 상관없이 좋은 일을 맞이한다는 뜻:역자 주)

멋들어진 본당을 앞에 두고 옛날이야기가 떠올라서 그렇게 말했더니 카즈야 씨가 '그럼 제가 소가 되는 건가요?' 하고 쓸쓸하게 미소 지었다.

"기분 좋아 보이네요."

"네. 너무 기뻐요. 젠코지 참배는 처음이거든요!"

"그럼 먼저 계단순례부터 해야겠네요."

"계단순례?"

"네. 몰라요?"

모른다며 고개를 흔드는 나에게 카즈야 씨가 장난기 가득한 얼굴로 웃으면서 '재미있어요' 하고 말했다.

하지만······.

"꺄아! 무, 무서워요!"

그것은 불상이 안치된 유리 단상 아래의 깜깜한 회랑을 도는 것이었다.

입구에서 스님이 '오른손으로 벽을 더듬으면서 가다 보면 극락의 자물쇠가 있어요. 그걸 만지만 극락정토에 갈 수 있답니다' 하고 말씀하셔서 '좋았어! 꼭 만지고 말겠어!' 하고 의지를 불태웠지만······.

"무서워요! 무서워, 무서워, 무서워······."

너무 깜깜해서 정말이지 아무것도 보이지 않았다.

"괜찮아요. 봐요, 아스카 씨······."

앞으로 걸어가는 카즈야 씨가 왼손을 뒤로 뻗어 내 왼손을 꼭 잡아줬다.

"오른손으로 허리께 높이의 벽을 만지면서 가다 보면 자물쇠가 있을 거예요."

"아, 알았어요······."

"얼마 안 걸려요. 겁먹을 것 없어요······."

카즈야 씨는 무서워하는 나를 안심시키려고 계속 말을 걸면서 앞으로 나아갔다.

그 등에 딱 붙어 걷고 있으니 무서운 마음도 조금씩 진정돼 갔다.

따뜻한 등이 너무나 든든해서 새카만 암흑 속에서도 편안함을 느낄 수 있었다······.

쭉 이대로 걸어도 되겠다고 생각하기 시작한 순간, 오른손에 차가운 쇳덩이가 만져졌다.

"앗! 있다! 여기 있다~!"

나는 환호성을 질렀다.

다음 순간, 갑자기 카즈야 씨가 날 꽉 끌어안았다.

"······!!!"

새카만 어둠 속에서 입술을 틀어 막히자 나도 모르게 몸이 흠칫 움츠러들었다.

"으으··· 읍······."

꼼짝달싹 못할 정도로 나를 꽉 끌어안은 팔과 강인한 입술······.

"카, 카즈야 씨······? 으읍······."

불단 아래에서 카즈야 씨는 몇 번이고 몇 번이고 내게 입을 맞추면서 중얼거렸다.

"벌 받을 거예요······."

나도 카즈야 씨를 힘껏 껴안았다.

맞아요. 벌 받을지도 몰라요. 하지만······.

"조금만 더 함께 있고 싶어요······."

아아아아아······.

흐··· 으윽······.

카즈야 씨··· 좀 더······!

나는 카즈야 씨의 얼굴 위에 대담하게 다리를 벌린 채로 날카롭게 솟아오른 코와 입술에 내 젖은 몸을 들이밀었다.

"흐읍…… 우…… 하아……."

괴로운 듯 신음하는 카즈야 씨.

하지만 혀를 뻗어 필사적으로 내 은밀한 곳을 빨아들였다…….

"으…… 흡……. 하…… 아읍……."

"앗! 거기……! 거기! 더 세게 빨아줘요!! 좀 더 핥아줘요……!!"

나는 카즈야 씨 위에서 가슴을 부여잡고 일부러 야한 말을 쏟아냈다.

카즈야 씨가 내가 얼마나 음란한 여자인지 알면 자꾸만 마음이 기우는 나에게도 오늘 밤이 마지막이 되겠지…….

카즈야 씨가 데리고 온 유다나카시부온센쿄(湯田中澁溫泉鄕)는 목조건물로 된 료칸이 늘어선 작은 온천마을이었다.

사람이 많지 않아 조금 쓸쓸한 감이 있었지만 문화재에 등록돼 있다는 나무로 된 대욕장이 있었고, 투명한 온천물도 무척 편안하게 느껴졌다.

"정말이지 아름다운 피부야……."

카즈야 씨가 황홀한 듯 중얼거리며 내 안쪽 허벅지를 쓰다듬었다.

"온천에 들어갔다 왔으니까…… 아앗!"

뾰족한 혀끝이 중심에 닿았다.

파르르 떠는 내 허리를 붙들고, 카즈야 씨가 혀끝을 안으로 쑥쑥 밀어 넣었다.

"으으응……! 으으… 으, 아! 카즈야 씨……!"

카즈야 씨는 길고 단단한 혀로 동굴 깊숙이 파고들면서 높은 콧날로 민감한 꽃봉오리를 간질였다.

"아아아… 아아, 아……!"

정신없이 쾌락의 늪에 빠져드는 나…….

"카즈야 씨 것도 맛보고 싶어요……."

나는 그렇게 말하면서 몸을 아래로 바짝 수그렸다.

아름답게 쪼개진 복근을 타고 이어지는 탄탄한 아랫배.

그 아래 새카만 수풀 사이로 당당하게 솟아오른…… 그것.

역시 커…….

나도 몰래 마른침이 꿀꺽 넘어갔다.

은밀한 계곡을 카즈야 씨의 얼굴에 내맡긴 채로, 나는 그의 물건을 살짝 잡았다.

그것이 펄떡펄떡 뛰고 있었다.

내 그곳을 핥으면서 흥분하고 있었다.

…맛있어 보여.

커다란 소시지를 볼이 미어지듯 입속에 담아 넣자 카즈야 씨가 귀여운 신음을 내질렀다.

서로의 은밀한 곳을 핥으면서 나는 축축하게 젖었고, 그는 팽팽하게 섰다.

아아. 좋아……. 너무 좋아.

미칠 것 같아……. 이제 못 참겠어…….

나는 손을 놓고 카즈야 씨의 몸에서 떨어졌다.

그리고 이불에 엎드린 다음 그를 향해 엉덩이를 높이 쳐들었다.

"카즈야 씨. 넣어줘요……."

카즈야 씨가 주저하듯 몸을 일으켰다.

"뒤에서요……?"

"네……."

대담한 척 했지만 떨리는 목소리는 어쩔 수가 없었다.

나…… 뒤에서 하는 게 좋아요…….

있는 대로 휘저어줘요…….

부탁이에요. 지겨울 정도로 실컷 넣어줘요…….

짐승 같은 욕망을 흘리며 도발하는 내게, 카즈야 씨는 순간적으로 말문이 막힌 것 같았다.

수치심으로 온몸이 뜨거워졌다.

하지만… 음란하다고 생각해도 어쩔 수 없었다……. 이것이 내 모습, 당신이 볼 마지막 내 모습일 테니까.

"알았어요……."

카즈야 씨가 나직하게 중얼거렸다.

있는 대로 휘저어줄게요…….

잊을 수 없을 정도로…….

카즈야 씨의 손가락이 내 엉덩이 사이 꽃주름을 가르며 쿡 꽂혔다.

아학⋯⋯!

내가 눈을 질끈 감은 순간, 카즈야 씨의 뜨거운 물건이 내 꽃잎을 헤치며 안으로 쑥 들어왔다.

"아하아아악⋯⋯!!!"

고통마저 느껴지는 충격.

뻣뻣하게 긴장한 내 허리를 꽉 붙들고, 카즈야 씨가 나를 범하기 시작했다.

"아하⋯⋯! 으, 아악⋯⋯! 카즈야 씨⋯⋯! 아윽⋯⋯!"

"어때! 좋지? 당신 이런 거 좋아하잖아⋯⋯ 안 그래?!"

흥분과 함께 왠지 모를 분노가 뒤섞인 카즈야 씨의 목소리.

맞아요. 난 이게 좋아⋯⋯.

오직 지금 이 순간만 존재하는 것처럼 느껴져.

이 사람과 나, 세상에 둘만 남은 것 같은 기분이 돼⋯⋯.

"아아아⋯⋯! 하으으⋯ 아, 아⋯ 악⋯⋯ 아⋯⋯!"

대단해⋯⋯!

무자비하게 내 안을 헤집는 충격.

점막을 거칠게 비비는 감각.

불을 뿜는 것처럼 뜨거운 열기.

그 모든 것을 받아내면서 점점 의식이 멀어져 갔다⋯⋯.

"아아악⋯⋯! 하악⋯ 아⋯ 아⋯⋯!"

자지러지듯 비명을 지르는 날 찍어 누르면서, 카즈야 씨는 가차없이 내 온몸을 지배했다.

"어때, 여기가 좋지? 여기가 흥분돼? 응……?"

"아아! 시, 싫어……!"

"싫지 않을 텐데? 더, 더, 더 해줬으면 좋겠지……?"

마치 딴 사람으로 변한 것 같았다. 카즈야 씨는 난폭하게 내 가슴을 주무르면서 꼿꼿하게 일어선 유두를 꽉 꼬집었다.

"히익! 안 돼… 아파! 아파요… 아, 아아……!"

안 돼……! 정말 어떻게 돼버릴 것 같아…… 아윽……!

허벅지가 파르르 떨렸다. 나는 그대로 의식을 잃지 않으려고 베개를 껴안고 베갯잇을 꽉 깨물었다.

카즈야 씨가 허리를 크게 한 번 돌렸다.

"…으응! 하아아윽……!"

스스로가 들어도 민망할 정도로 달뜬 신음 소리.

작은 공처럼 느껴지는 카즈야 씨의 커다란 기둥 끝이 안에서 빙글빙글 회전할 때마다 뱃속에서부터 온몸으로 달콤한 쾌감이 퍼져 나갔다.

"아아아! 이거 뭐야… 왜 이… 아아아학……!"

"아스카 씨. 기분 좋아요……? 그렇게 좋아요……?"

하아, 하아, 하고 거친 숨을 몰아쉬면서 카즈야 씨가 물었다.

어제, 카즈야 씨가 같은 질문을 했을 때는 대답하지 않았다. 내가 이렇게 남자를 안다는 사실을 그가 슬퍼할 것 같았다.

하지만.

하지만 엉덩이 골을 훤히 내보이면서 짐승마냥 엎드려 시트에 뺨을 비비고, 머리를 흐트러뜨린 채 쾌감에 몸부림치는 지금의 나는 이렇게 말하는 게 어울리겠지…….

"기, 기분 좋아요……. 카즈야 씨 물건… 정말, 정말 끝내줘요……!"

　　　　　*　　　　*　　　　*

다음 날 아침, 눈을 떠보니 카즈야 씨의 모습은 보이지 않았다.

…꿈이었나? 아니… 아니야…….

이렇게 확실히 기억나는데. 나를 안아주던 그의 체온도, 그를 받아내던 온몸의 감각도.

그리고 정신없이 흐트러진 시트…….

또 이런 일을…….

분명히 난잡한 여자라고 환멸을 느끼면서 먼저 가버렸겠지.

내가 먼저 저지른 일인데도 왠지 쓸쓸해져서 한숨이 새어나왔다.

하지만 이걸로 됐어…….

애써 마음을 정리했다. 나갈 준비를 하려고 몸을 일으키자 문득 테이블 위에 놓여 있는 빨간 사과와 과자 상자가 보였다.

"…편집장님이 먹고 싶다던 살구 과자다."

그러고 보니 사는 걸 까먹었네.

그걸 카즈야 씨가……?

떨리는 손끝으로 상자를 들자 아래에 숨어 있던 편지가 보였다.

『죄송해요.

가게를 비울 수가 없어서 먼저 돌아갑니다.

고마웠어요.

평생…… 잊지 못할 거예요.』

울퉁불퉁 써내려간 글자.

소박하기 그지없는 사랑의 언어.

"카즈야 씨……."

몰랐어. 나 몰래 언제 사과까지 사다 놓은 건지.

「사줄게요, 사과쯤이야.」

멋쩍게 중얼거리던 카즈야 씨의 목소리가 떠오르자 눈물이 방울방울 맺혔다.

금방 얼굴이 빨개지는 우직한 사람.

언젠가 분명 카즈야 씨를 잘 보필해 주는 멋진 신부가 나타나겠지.

······아아! 이 일은 역시 너무 애달픈 것 같아요, 편집장님······.

〈시즈오카〉
스타 선수의 새콤달콤한 독점욕

인기스타가 당신을 유혹하면 어떡하실 것 같습니까……?

"그거야 당연히 땡큐지."

주말의 축구장.

얼굴에 화려한 페인팅을 칠한 레오가 스포츠신문의 짓궂은 칼럼을 읽으며 비시시 웃었다.

"남자한테는 꿈같은 상황 아닌가? 아, 나도 아이돌이랑 해보고 싶다!"

"야! 그렇게 큰소리로 외치지 좀 마! 부끄러워!"

머리를 콩 쥐어박아도 레오는 들은 체 만 체 낄낄대기만 했다.

그가 내 앞에 스포츠신문을 쫙 펼쳤다.

"아스카 너는 어떨 것 같아? 예를 들어…… 그래, 만약에 이 자식이 널 꼬신다면?"

그렇게 말하면서 레오가 가리킨 것은 큼지막하게 기사를 장식하고 있는 꽃미남 축구선수.

"이 사람이 누군데?"

"헉! 몰라? 진짜로?"

레오가 어이없다는 듯 나를 쳐다봤다.

"모치즈키(望月)잖아. 모치즈키 슈우토(望月蹴人). 오늘 시합에 나오는 주전선수! 어떻게 모를 수가 있지……?"

몰라. 그리고 이름 되게 이상하네.

나는 새어 나오는 하품을 참으면서 머리를 흔들었다. 축구는 관심 없단 말이야.

"참나……. 그럼 뭐하러 따라왔어?"

"응? 네가 오라고 했잖아. 여고생한테 차이는 바람에 표가 남았다고."

"아. 그, 그랬었지……."

레오가 갑자기 시무룩한 표정을 지었다.

휴일에 쉬는 사람을 억지로 끌어내 놓고는 시시한 농담이나 하고, 뭐 이런 동료가 다 있담.

…뭐, 심심해서 따라 나온 나도 할 말 없지만.

"그리고 대체 여고생이랑 뭘 어쩌려고 했던 거야? 그건 범죄야, 범죄!"

"흐음. 여고생의 허벅지에는 거스를 수 없는 매력이 있어. 어떻게 생각하지? 아스카. 이 맛의 비밀은……."

"편집장님 흉내 내지 마!"

편집장님은 절대로 여고생의 허벅지 따위 입에 담지 않으셔!

옥신각신하는 사이에 시합이 시작되고, 난 열심히 공의 움직임을 쫓기 시작했다.

레오는 나랑 다투던 것도 잊고 금세 게임에 집중했다. 그 모습을 보고 있자니 나도 그냥 축구에 집중할 수밖에 없었다.

축구는 눈여겨 본 적은 없지만, 그래도 어느 정도 룰은 알고 있었다. 국가대표 경기라도 하면 친구들끼리 삼삼오오 모여서 중계를 보기도 했었고.

그런데 맘 잡고 집중을 하니, 축구라는 스포츠도 꽤 재미있는 것 같았다.

아까 레오가 말한 모치즈키라는 선수가 엄청난 집념으로 몇 번이나 골대를 두드렸다.

제발! 앗, 실패…… 아까워라……!

손에 땀을 쥐는 전개에 가슴이 두근거렸다.

시합 종료 직전. 모치즈키 슈우토 선수가 절묘한 각도로 찬 슛이 골문으로 빨려 들어갔다.

"됐다!"

"우와아—!"

팬들의 함성 소리가 경기장을 뒤흔들었고, 레오와 나는 벌떡 일어섰다.

허공으로 손가락을 치켜 올린 채 활짝 웃는 얼굴로 필드를 이리저리 뛰어다니는 모치즈키 슈우토 선수.

장난스러운 포즈로 세레모니를 마무리하자 경기장에 다시 한 번 함성이 울려 퍼졌다.

브라운관에 모치즈치 선수의 얼굴이 클로즈업되어 비쳤다.

흐음. 제법 멋진데……?

축구 선수를 보고 난생처음 괜찮다고 생각하는 내가 우스워서, 옆에서 박수를 치며 난리를 피우는 레오의 뒤통수를 소심하게 한 번 때리고 말았다.

통통한 살점. 바삭하게 구워진 껍질과 부드럽게 씹히는 식감. 달달한 소스. 비린내가 전혀 없는 고소함. 넉넉한 양.

"우와! 아저씨네 가게 장어는 별 다섯 개도 모자라요!"

"그래? 이야~ 미인이 칭찬해 주니까 더 기쁜데?"

하마나(浜名) 호수에서 잡히는 국산 장어를 도쿄식으로 손질해 은근한 불에 천천히 구워내는 하마마츠(浜松)의 오래된 장어 요리집.

주인아저씨가 너무 친절하고 호탕하셔서 취재를 하러 들어올 때의 긴장감이 금세 풀려 버렸다.

"차도 맛있어요! 역시 시즈오카네요~!"

"시즈오카 사람들은 진한 녹차 아니면 취급을 안 하지. 바닥이 보이지 않을 정도로 진하게 우린 차를 좋아한다고."

"우와! 그 정도로 진하게 마셔요?!"

"하루노(春野)에도 가나? 시즈오카의 하루노 녹차 하면 고급 녹차로 알아주잖아."

"엣, 그래요? 몰랐어요!"

"뭐야. 기자라는 양반이 그것도 몰랐어?"

주인아저씨가 껄껄 웃더니 갑자기 몸을 내 쪽으로 슥 기울였다.

"그럼 내가 같이 가줄까? 여기서 차로 한 시간만 가면……."

그때 문이 드르륵 열렸다.

"다 늙어서 주책은. 작업 좀 그만 걸어요!"

주인아저씨가 환한 낯빛으로 남자를 쳐다봤다.

"오오, 슈 아니야?! 언제 왔어!"

슈?

슈……. 아, 아앗!

장어를 한 점 들었던 젓가락마저 떨어뜨리며 난 소리치고 말았다.

"모치즈키 슈우토!!!"

"남의 이름을 막 부르다니."

남자가 훗 하고 웃더니 날 향해 엄지손가락을 척 치켜세웠다.

"귀여우니까 용서해 준다."

허걱……!

뭐야…… 이 사람, 이런 캐릭터였어?

얼간이는 레오 하나로 충분한데.

그러면서도 왠지 가슴이 철렁 내려앉는 것 같은 기분을 난 애써 외면했다.

그는 카운터에 털썩 앉더니 사근사근한 얼굴로 주인아저씨와 대화를 시작했다.

"아저씨. 그동안 잘 지냈어요? 돌아오니까 역시 이 집 장어가 제일 먼저 생각나더라고~!"

"그래? 이거 영광인데!"

아저씨는 대감격한 얼굴로, 나를 보던 것과는 전혀 다른 얼굴을 해 보였다.

그러더니 나를 향해 빙글 돌아서더니 만면에 미소를 띠고 브이 자를 그렸다.

"어때? 제목 쫙 나오지 않아?『모치즈키 선수가 그리워하는 고향의 맛!』"

말도 안 돼! 그렇게 길고 촌스러운 제목을 달았다간 편집장님한테 불호령이 떨어질 텐데.

모치즈키 선수가 뒤로 슬슬 물러나는 나를 힐끗 쳐다봤다.

"취재 나왔어? 어느 잡지에서 나왔지?"

"『미식 여행』이에요."

"흐음……. 모르는 잡지로군."

흥!

비인기 잡지라 미안하네요!

뚱한 그의 태도에 슬쩍 기분이 나빠지려 했지만, 일단은 참아 넘겼다.

"요, 요리업계에서는 나름대로 평판이 좋은 매체예요!"

"맞아! 나한테 취재를 올 정도니까."

주인아저씨가 가슴을 내밀었다.

"그러니까 수상하다고."

모치즈키 선수가 키득거리며 웃더니 '언제나 먹는 걸로 주세요. 특상!' 하고 말했다.

"쳇. 건방진 놈."

말과는 반대로 아저씨는 흐뭇한 미소를 지으며 주방으로 들어갔다.

그럼 나도 슬슬 가볼까⋯⋯. 먹을 것도 다 먹었고, 들을 것도 다 들었으니.

그렇게 생각하면서 노트와 녹음기를 가방에 주섬주섬 집어넣고 있을 때였다.

모치즈키 선수가 손가락을 까딱거리며 날 불러 세웠다.

"내 인터뷰는 안 해?"

뭐???

기가 막혀서 말이 안 나왔다.

그는 눈치도 없이 싱글벙글대며 웃었다.

"예정엔 없었지만 응해줄게. 지금은 꽤 한가하니까."

뭐 이런 사람이 다 있어?

스타 선수인지 뭔지 모르겠지만······.

"괜찮습니다. 저희는 스포츠 잡지가 아니라서."

나는 고개를 홱 돌렸다.

모치즈키 선수가 '어라?' 하며 눈을 둥그렇게 뜨더니 재미 있다는 듯 씨익 미소 지었다.

"헤~ 아깝네. 내가 실리면 더 잘 팔릴 텐데."

잘 팔려?

갑자기 귀가 쫑긋해졌다.

나는 곁눈질로 힐끗 그를 쳐다봤다.

반반하게 생긴 것이, 확실히 팬이 무척 많을 것 같았다. 사석에서는 상당히 가볍지만 시합에서는 엄청 멋졌고······. 남자를 안 좋아하는 레오도 그렇게 떠들어대는 걸 보니 확실히 인기인이긴 한가 보다.

"그쪽이 맘에 들었어. 여러 가지로 얘기해 주지. 어때?"

우우우······. 그래도 여기서 '부탁드릴게요' 라고 말하면 왠지 진 것 같은 느낌······.

모치즈키 선수는 여전히 싱글거리며 카운터에 팔꿈치를 괴고 있었다.

으, 으, 으으······.

어떡하지······.

"펴, 편집장님께 여쭤볼게요······."

난 편집장님에게 그 책임을 돌렸다.

"모치즈키 슈우토? ···아아, 그 금발의 축구선수?"

전화기 너머로 아오야마 편집장님이 그렇게 중얼거리더니, '그래서?' 하고 물었다.

"아니, 그러니까 그, 인터뷰를 하는 게 좋을지 어떨지 상담을……."

"인터뷰? 왜?"

이해가 안 간다는 듯 어리둥절한 목소리가 수화기를 타고 넘어왔다.

"먹는 데에 뭔가 일가견이 있는 녀석이야?"

"그건 잘 모르겠는데…… 그래도 자꾸 자기 인터뷰를 하라고……."

"흐음……. 가볍게 코멘트를 따는 정도로 하면 되지 않을까? 거창하게 인터뷰를 해서 크게 실을 필요까지는 없을……."

"잠깐! 잠깐만요, 편집장님!!!"

갑자기 전화기 너머로 레오가 아우성치는 소리가 들렸다.

"무려 모치즈키 슈우토 선수라고요! 당연히 인터뷰를 하는 게 좋죠! 뭐하면 제가 지금, 지금 거기로……!"

"아— 시끄러워, 시끄러워!"

편집장님이 한숨을 푹 내쉬었다.

"인터뷰 꼭 해달란다. 그렇게 하고 와, 아스카."

"예? 아, 예……."

괜찮을까? 하고 생각하는데 편집장님이 피식 웃었다.

"뭐, 의외로 재미있는 얘기를 듣게 될지도 모르지. 그리고 혹시 쓸 만한 기사거리가 없더라도…… 레오 녀석이 이렇게 환장을 하니."

와아아!

나는 눈이 휘둥그레졌다.

너무 다정하셔~! 편집장님!

"펴, 편집장니이이임~~~!!! 사랑해요!!!"

"우왓! 저리 떨어져! 징그러워……! 으아악……!"

우당탕탕쿵탕!

뭔가 쓰러지는 소리가 울리더니 전화가 뚝 끊어졌다.

응? 설마 둘의 러브러브?

에라, 나도 모르겠다.

그것보다…….

핸드폰을 코끝에 댄 채로 나는 살짝 고개를 기울였다.

축구선수한테 먹는 얘기라.

뭘 물어야 재미있을지 감이 안 잡힌다. 지금까지는 어쨌든 요리와 관련된 사람들이었는데, 먹을거리와 축구선수라니 너무 차이가 나잖아.

"고향의 추천 맛집……. 그건 너무 상투적이잖아."

"상투적이지. 상투적이야. 너무 상투적이라 오그라들 것 같아."

엣?!

혼잣말 사이로 갑자기 끼어드는 목소리에 나는 깜짝 놀라 고개를 돌렸다.

"모치즈키 선수……."

전화를 하느라 밖에 나와 있었는데, 언제 따라 나온 거지?

"뭐 그렇게 딱딱하게 불러? 기분이다! 그냥 모치즈키 씨라고 부르도록 허락해 주지."

뭐……!

말문이 막힌 날 앞에 두고 모치즈키 선수가 의기양양하게 하하핫 하고 웃음을 터뜨렸다.

"좋은 얘기 많이 들려줄게!"

퍽이나! 라는 말이 튀어나오려는 걸 애써 눌러 담았다.

하지만 편집장님도 그렇게 말씀하시고, 레오도 기뻐하니까…….

이쯤 되면 정식 일보다 더 불편하게 기합을 잡아야 할 것 같다.

"…잘 부탁드립니다."

"응. 그럼 타!"

모치즈키 선수가 엄지손가락을 뒤로 젖혔다.

손가락이 가리키는 쪽을 쳐다본 나는 깜짝 놀랐다.

새빨간 페라리!

취, 취향하고는…….

나도 모르게 웃음이 터져 나왔다.

졌다. 스타 행세도 이렇게까지 철저하게 하면 인정할 수밖에 없지.

"여기서도 인터뷰는 충분히 가능합니다만……."

"응? 뭘 경계하는 거야? 미안하지만 털끝 하나도 건드릴 맘 없으니 안심해. 깔린 게 여잔데 뭐하러 굳이 그쪽을……."

"하아……. 그러게요. 어련하시겠어요."

"아무튼 타."

"왜요?"

"거참 의심 많은 여자네. 이봐요, 기자 아가씨. 우리 부모님이 하루노에서 차를 재배하고 계시거든요?"

엣? 하루노라면…… 아까 장어집 주인아저씨가 말씀하신 유명한 녹차 재배지?

"차밭 보여줄게. 그쪽 잡지에 딱 맞는 그림 아니야?"

"…네!"

*　　　*　　　*

그때까지만 해도 난 정말 모치즈키 슈우토라는 사람에게 전혀 관심이 없었다.

좋은 기사거리를 구할 수 있을 것 같다고, 오로지 그 생각만 하고 있었는데…….

새카만 차밭을 빠져나온 우리는 한밤중의 학교 안으로 숨어 들어갔다.

추억의 장소라고 하는 축구부 교실에서, 모치즈키 선수는 능숙한 손놀림으로 석유난로에 불을 피웠다.

"춥지? 조금만 참어. 금방 따뜻해질 텡게……."

본가에 돌아와서 가족과 친구들에게 둘러싸여 있었기 때문일까. 말투에 사투리가 섞여서 느긋한 분위기를 풍겼다.

상냥한 미소와 어울리는 그 모습. 분명히 이쪽이 진짜 그의 모습일 거라는 생각이 들었다.

"난 여기서 진정한 남자가 됐지."

"첫 경험 말인가요?"

"그래, 그거."

조용하게 타오르는 파란 불꽃이 쑥스러워 보이는 그의 뺨을 비추며 일렁였다.

"축구부 여자 매니저였어. 하하, 너무 뻔한 스토리인가?"

"흐음⋯⋯. 미인이었나 보죠?"

"예쁘다기보다는 귀여운 타입? 내가 먼저 반해서 얼마나 쫓아다녔는지."

'장난 아니었지 그때는⋯⋯' 하고 중얼거리는 그 표정은 너무 즐거워 보였다.

"⋯⋯."

별 대꾸 없이 난로에 손을 쬐는데 가슴이 살짝 아릿했다.

오늘 하루 종일 여기저기 안내해 주고 이런 곳까지 끌고 들어와서는 옛날 여자 얘기?

⋯내가 착각한 걸까? 여러 가지로 너무 친절한 게 왠지 계속 나한테 마음이 있는 것 같다는 느낌이 들었는데.

⋯유명인의 오라란 참 대단하구나. 자꾸 착각하게 돼.

스스로가 너무 한심해서 한숨이 터져 나왔다.

이 사람은 그저 자기 얘기를 하고 싶을 뿐이야.

내가 글을 쓰는 사람이라는 것도 알고 있고.

하지만 나를 쳐다보는 모습도, 미소 짓는 모습도 너무 빛나고 눈부셔.

스타병 걸린 주제에 애교가 넘치고, 고향 사람들 모두에게 사랑받고 있고, 시즈오카에 대한 자부심으로 가득하고……

그때,

"저기…… 키스해도 돼……?"

"엣……?!"

나는 깜짝 놀라서 고개를 들었다. 거짓말! 역시 계속 유혹하고 있었던 거야?!

모치즈키 선수가 씨익 웃었다.

"…하고 걔한테 말했었지."

아……!

나는 새빨개진 얼굴로 그를 노려봤다.

"헷갈리는 말 하지 말아요."

"하하. 장난친 거야. 화내지 마."

"화내는 거 아니에요."

"그럼 키스할까?"

난 그의 얼굴을 바라봤다. 어느 쪽이지? 놀리는 거야? 유혹하는 거야? 어느 쪽이야……?

"몰라요……!"

고개를 홱 돌리려는 순간, 갑자기 모치즈키 선수가 내 턱

을 잡더니 위로 치켜 올렸다.

"건방지기는⋯⋯."

내 입술 위로 덮쳐오는 강인한 입술.

모치즈키 선수는 마치 소년 시절로 돌아간 것처럼 두 번, 세 번 수줍게 입을 맞췄다.

그리고는 입술을 꼭 맞대고 빨아들이듯 깊이 파고들기 시작했다.

"으⋯⋯ 하아⋯⋯ 읍⋯⋯."

커다란 손이 엉덩이에 닿았다.

"이놈의 섹시한 엉덩이 때문에 얼마나 힘들었는지 알아⋯⋯?"

그는 그렇게 속삭이면서 내 엉덩이를 꽉 끌어안고 부드럽게 쓰다듬었다.

"엉큼해⋯⋯."

나도 몰래 중얼거리자 모치즈키 선수가 '그쪽도' 하고 되받아쳤다.

"탐스러운 가슴⋯⋯ 만지게 해줘."

모치즈키 선수는 내 허락을 기다리지도 않고 귓불을 핥으면서 가슴을 주무르기 시작했다.

온몸이 저릿저릿해져서 단단하게 근육이 붙은 팔뚝을 붙들자 '그쪽이 아니지' 하고 사타구니 사이로 내 손을 잡아 이끌었다.

뻣뻣한 청바지 속에서 점점 딱딱해져 갑갑할 것 같은 그의 욕망.

"너무 빡빡해. 아파⋯⋯."

모치즈키 선수가 헤헤 하고 웃었다.

그리고는 장난꾸러기처럼 짓궂은 표정으로 날 쳐다봤다.

"보고 싶지? 내 거."

잘난 척은. 어이가 없었지만 왠지 귀엽다는 생각도 들었다.

철컥철컥, 하고 벨트를 푸는 소리가 들렸다.

모치즈키 선수는 바지 단추를 반쯤 풀고 날 꼬드겼다.

"어서 열어봐. 봐도 된다니까?"

굵게 솟아오른 아름다운 치골과 빨간 속옷.

단단하고 평평한 아랫배에 무성하게 돋아난 검은 수풀.

그 아래의, 팽팽하게 부풀어 오른 곳.

가만히 손을 뻗어 단추의 이음매를 잡아당겼다.

고급 브랜드의 로고가 박힌 은빛 단추가 빙글빙글 돌며 헐거워졌고, 커다랗게 부푼 그의 욕망이 단추와 함께 바깥으로 몸을 내밀었다.

⋯아아!

화려한 문양의 복서 브리프 위로 불룩 솟아오른 곡선.

"헤헤⋯⋯."

모치즈키 선수가 인중을 쓱쓱 문질렀다.

"어서. 봐도 된다니까⋯⋯?"

나는 주저하면서도 브리프 위로 살짝 손을 갖다 댔다.

하지만 당기는 정도로는 벗겨질 것 같지 않았다. 난처한 마음에 그를 올려다봤다.

"표정 귀여운데?"

그가 골을 넣었던 때처럼 기분 좋게 웃었다.

문득 그날 본 장면이 떠올라 묘한 기분으로 그를 물끄러미 바라봤다.

모치즈키 슈우토.

저 멀리 필드에 있던 사람이 지금 내 눈앞에 있어.

날 안으려고 하고 있어······.

나를 안으려면 나만을 바라봐요.

다른 사람을 떠올리지 말아요.

"이쪽으로 와······. 이쪽으로 엉덩이를 대고······ 그래······."

모치즈키 슈우토는 그런 식으로 나에게 세세하게 지시를 내렸다.

"거기야. 그 팔 번 로커에 손을 대고······ 그래······."

이건 설마······.

차가운 감촉의 로커에 손을 짚으면서 나는 금방 알아채고 말았다.

이럴 수가!

이 사람은 '첫경험' 때와 같은 상황에서 하고 싶은 거야······!

너무해······.

하지만.

"아…… 으응……."

모치즈키 선수가 뒤에서 가슴을 움켜쥐자 나도 모르게 달뜬 신음이 터져 나왔다.

"시…… 싫어……."

"왜 싫어……? 사실은 좋잖아……. 하게 해주라……. 응……?"

귓가에 들리는 목소리. 이런 식으로 그는, 첫사랑이라는 그 여자 매니저에게 속삭였겠지.

"안 돼…… 싫어……."

"살살 할게……. 살살 해줄 테니까……."

무, 무슨 소리를 하는 거야 진짜…….

모치즈키 선수의 손이 옷 속으로 파고들었다. 그리고 브라 위에서 조심스럽게 가슴의 굴곡을 어루만졌다.

"아…… 안 돼…… 싫어……."

"우와! 크다…… 진짜 커……. 어떡하지? 나…… 진짜 못 참겠어!"

정말 너무해.

그렇게 생각하면서도 그의 손이 닿을 때마다 맥없이 허리를 꼬는 내 자신이 미웠다.

도망치면 돼.

그렇게 생각하면서도 머릿속에선 아까 본 그의 욕망이 선명하게 떠올랐다.

…황홀할 것 같아.

최악이지만, 이제는 하지 않을 수 없었다.

지금 그만두면 오히려 더 곤란해질 것 같았다.

내 몸이 언제부터 이렇게 돼버린 걸까.

처음에는 정말 이렇지 않았는데……

모치즈키 선수도 처음의 그때를 떠올리고 있는 걸까.

"여기가…… 이렇게 불끈 솟았잖아……. 봐……."

입으로는 그렇게 허세를 부리면서도 손가락은 머뭇머뭇, 솜털을 집는 것처럼 조심스럽게 브라 위로 유두를 건드리고 있었다.

"으으응…… 아…… 하아……."

왠지 부끄럼을 타면서 신음을 내뱉는 내 모습이 싫었다. 어차피 그의 추억을 더듬는 일에 이용당하고 있을 뿐인데.

처녀도 아닌 주제에.

"어때……? 좋아……?"

모치즈키 선수의 목소리가 흥분으로 달아올랐다. 목덜미에 거친 숨결이 느껴졌다.

"응? 좋냐고……."

끄덕……. 나도 모르게 가만히 고개를 끄덕거렸다.

뭐하는 거야. 진짜 싫다.

이게 뭐야.

머릿속으로는 그렇게 생각하지만…….

"패, 팬티 내려도 돼……?"

그런 걸 물었어?

그런 질문에 응, 이라고 대답하는 여자도 있어?

"응……."

아아. 이 바보……. 그 바보가 여기 있었다.

망설이는 와중에도 뜨거운 숨이 새나왔다.

내 안에 또 다른 내가 있었다…….

이런 거 바보 같아.

그렇게 생각하는 평상시의 나와, 뺨을 붉게 물들이고 부끄러워하면서 그의 첫사랑을 연기하며 흥분한 나.

스커트가 젖혀지고 모치즈키 선수의 손가락이 팬티에 닿았다.

아앗, 잠깐만……!

"…뒤에서 하려고……?"

처음인데.

그의 얼굴이 새빨개졌다.

역시나 이런 식으로 전개됐었나 보군…….

"그, 그렇지……?"

모치즈키 선수가 황급히 스커트를 내렸다. 그리고 날 앞으로 돌려 세웠다…….

"여, 역시 처음엔 앞에서 하는 게 좋겠지……?"

당연하지. 뒤에서 하는 것도 기분 좋긴 하지만.

나는 속마음을 숨긴 채 얌전하게 고개를 끄덕였다.

그의 눈에 감격이 어렸다.

"이, 있잖아, 나 진짜 진심이야……."

그리고는 나를 있는 힘껏 껴안았다.

약간 땀이 밴 단단한 근육. 호리호리하지만 운동선수라고 단번에 알 수 있는 다부진 몸.

품에 꽉 안기자 숨이 가빠왔다.

숨을 쉬기 힘들 정도로 가슴이 두근거렸다…….

"정말 좋아해……."

금방이라도 울 것 같은 목소리. 진짜 좋아했구나. 그 여자 매니저를.

어떤 사람이었을까, 모치즈키 슈우토의 첫 여자는.

두 사람은 어떤 사랑을 했고 또 어떤 이유로 헤어졌을까…….

연기를 하면서도 왠지 가슴이 저려왔다.

모치즈키 슈우토…… 이 바보!

끌리지 않았던 건 아니야.

유혹 당하는 게 살짝 기쁘기도 했어.

스타병에 걸린 당신을, 정말로 알고 싶었는데.

"가, 가슴 보여줘……."

울퉁불퉁한 손가락이 난폭하게 브라의 후크를 더듬었다.

브라 같은 건 벌써 천 번도 넘게 풀었을 텐데 진심으로 긴장한 건지 연기하는 건지, 그는 좀처럼 후크를 풀지 못하고 헤매고 있었다.

왠지 당황스러운 듯, 하염없이 등과 겨드랑이를 더듬는 조심스럽고 서툰 손길.

거칠게 굴 것 같았는데 전혀 그렇지 않았다.

아아. 정말.

나는 애가 탄 나머지 스스로 브라의 후크를 풀었다.

등이 갑자기 헐거워지자 옷 속에서 가슴이 봉긋 부풀어 올랐다.

모치즈키 선수가 마른 침을 꿀꺽 삼키더니 '봐도 돼……?' 하고 물었다.

난 대답하지 않았다.

하나하나 묻지 말라고, 투정 섞인 부끄러운 마음으로 가만히 고개를 끄덕일 뿐이었다.

모치즈키 선수는 주저주저하며 내 옷에 손을 댔다.

벗기려고 했지만 역시 잘 되지 않았다. 표정에 초조한 기색이 역력했다.

나는 팔을 들어 올리거나 알아서 소매를 빼는 식으로 도와줬다.

왠지 그리워.

문득 나의 첫경험이 떠올랐다.

이미 기억의 저편인 그 시절.

생각해보면 그때도 이런 식으로 묘하게 초조하고 어색했던 것 같다.

맞아. 이렇게 말도 안 되는 장소…… 그래, 학교 같은 데에서…….

그렇게 생각하자 갑자기 새콤달콤한 감정이 가슴에 차올랐다. 발가벗겨진 몸에 서늘한 기운이 느껴지자 나는 그의 품속으로 파고들었다.

"추워."

"응. 기다려. 나도 금방 벗을게⋯⋯."

그가 재빨리 셔츠를 벗어던졌다. 다시 든든한 품속에 안기자 왠지 안심이 됐다.

따뜻해⋯⋯.

나는 모치즈키 선수의 어깨와 가슴에 입을 맞추고 그의 등에 팔을 둘렀다.

그가 무섭지 않아, 무섭지 않아, 하고 달래는 것처럼 다정하게 등을 쓰다듬었다.

낮에 보였던 건방지고 뻔뻔스러운 행동이 싹 거짓말인 것처럼.

왠지 행복한 마음이 뭉게뭉게 피어올랐다.

아무것도 하지 않고 이대로 계속 있어도 좋을 정도였다.

하지만 머리 한쪽으로는 계속 허리께에 어렴풋이 닿는 그의 욕망을 의식하고 있었다.

벌써 딱딱해졌어⋯⋯.

다른 여자였다면 분명 그 욕망을 과시하고 싶어서 일부러 몸을 밀착시켰겠지.

아까 나한테도 말했잖아.

「보고 싶지? 내 거.」

그런데 왜?

왜 그렇게 허리를 빼고 있지?

아아! 부풀어 오른 끝이 내 몸에 닿을까 봐 엄청 신경 쓰고 있는 거야!

푸훗……

나는 참지 못하고 웃음을 터뜨리고 말았다.

"뭐, 뭐야……?!"

그가 당황한 듯 소리쳤다.

"미안해요…… 모치즈키 선수……."

나는 일부러 또렷하게 호칭을 붙여 불렀다.

"순정남이었군요?"

그의 얼굴이 금세 새빨갛게 물들었다.

"쓰, 쓸데없는 소리……!"

"아하하! 그치만……."

"제길! 하는 김에 끝까지 해줘야지! 뭐야 진짜……."

모치즈키 선수는 허무한 듯 허공을 올려다보며 한숨을 푹 내쉬었다. 그리고는 다시 나를 쳐다보며 씨익 웃는 표정이 무척 즐거워 보였다.

"…좋았어!"

"꺄앗……!"

모치즈키 선수가 갑자기 나를 휙 안아 올리자 나는 황급히 그의 목덜미에 매달렸다.

뭐야? 왜 이래?!

그가 내 얼굴을 물끄러미 들여다봤다.

"이제부터 내가 시키는 대로 해! 알았어? 넌 지금부터 유카(結花)야."

흐음. 이름이 유카였군.

비닐 소재의 낡은 소파에 내던져지자 몸이 들썩 튀어 올랐다.

"유카는 말이지, 처음이었어."

그야 당연히 그렇겠지.

"그러니까 겁을 내야 돼."

"말도 안 돼~!"

아하하하! 하고 웃는 나에게 모치즈키 선수가 발끈했다.

"겁을 내!"

"에~? 이제 와서 겁을 내라고요?"

안 무서운 걸 어떡해.

오히려 지금부터 무슨 일이 일어날지 두근두근한걸.

하지만 한껏 부풀어 오른 그의 판타지를 만족시키기 위해 나는 교태를 약간 섞어 겁먹은 표정을 지어 보였다.

"하지 마…… 무서워……."

"좋아!"

모치즈키 선수가 소리를 질렀다.

아하하. 바보 같아. 이렇게 웃기는 짓을 정말 계속해야 하는 거야?

깔깔거리면서 그렇게 생각할 때였다.

그가 갑자기 내 무릎 안쪽을 잡고 다리를 획 들어 올렸다.

락커룸 벤치에 누운 채 천장을 향해 다리가 올려져, 모츠즈키 선수에게 나의 부끄러운 부분이 훤하게 드러났다.

"에……? 앗, 안 돼……!"

"핥아줄게, 유카."

모치즈키 선수가 흥분한 목소리로 속삭였다. 은밀한 부위가 있는 그대로 노출되자 나는 황급히 다리를 오므리려고 했다.

아, 아직 안 돼……! 샤워, 샤워도 아직 안 했는데…….

하지만 그는 거리낌 없이 내 다리 사이로 얼굴을 파묻었다.

"아, 아학……!"

난 몰… 라…….

부드러운 혀가 사탕을 굴리는 것처럼 내 그곳을 핥기 시작하자 등줄기를 타고 전율이 돋았다.

"으…… 으으…… 으응……."

나는 다시 '유카'가 되어 손가락을 깨물며 필사적으로 소리를 죽였다. 처녀라면 분명히 이렇게 할 것이므로.

어쩜 이렇게 좋을 수 있어……? 내 몸이 진짜 미친 거 아니야……?

혹시 냄새가 나면 어떡하지……?

별의별 생각이 뇌리를 스쳤지만 전부 어떤 결론에도 이르지 못하고 버터처럼 녹아버렸다.

　때로는 조심스럽게 때로는 거세게 그곳을 파고드는 움직임에 취해 이제는 아무래도 좋았다…….

　흥분과는 반대로 멋대로 점점 오므려지는 다리를 모치즈키 선수가 난폭하게 붙잡았다.

　"아학……!"

　"벌리고 있어야지!"

　맘대로 안 된단 말이야.

　아무리 해도 자꾸 오므라드는 걸 어떡해.

　그러는 동안 모치즈키 선수가 다시 짜증스러운 표정으로 고개를 들었다.

　"이봐. 핥을 수가 없잖아……."

　"미, 미안해요……."

　"…할 수 없지. 그럼 여기 잡고 벌리고 있어."

　"엣……?"

　아아! 부끄러워……!

　이렇게, 저 사람이 핥기 쉽도록 내 손으로 무릎을 잡고 다리를 벌리다니…….

　"헤헤……."

　모치즈키 선수의 얼굴이 한결 누그러졌다.

　득의만만한 표정.

　시키는 대로 하자 만족스러웠나 보다.

그의 처분을 기다리고 있는 내 은밀한 그곳을 입맛을 다시면서 바라보는 시선이 느껴졌다.

모치즈키 선수가 엉덩이를 살짝 간질이자 나도 모르게 허리가 흠칫거렸다.

다음 순간, 그의 고개가 다시 내 다리 사이로 잠겨들었다.

"아, 아윽……!"

모치즈키 선수는 커다란 입술로 촉촉이 젖은 계곡 사이를 강하게 쭉 빨아들이다가 날름날름 핥기 시작했다.

"아아아…… 으응…… 아학……!"

촉촉하고 단단한 혀끝이 내 깊은 동굴 입구를 간질이면서 빠르게 위아래로 오르내렸다.

아랫배가 멋대로 부들부들 떨리자 나는 고개를 돌리며 짧은 신음을 내뱉었다. 아픈 건지 기분이 좋은 건지 알 수가 없었다. 하지만…….

"대단해……! 대단해…… 아악……!"

"뭐가?"

"저, 전부……."

전부 대단해. 말도 안 돼.

이런 자세로 이런 일을 당하는 것도,

알몸으로 딱 달라붙어 있는 것도,

그리고 당신이 모치즈키 슈우토라는 것도,

전부, 전부…….

모치즈키 선수가 후훗, 하고 웃음을 흘렸다.

"귀엽네……."

한숨 돌리던 입술이 다시 그곳으로 돌아오더니, 이번에는 내가 제일 흥분하는 지점을 찾으려고 했다.

"여기……?"

낮은 목소리로 위치를 확인하는 모치즈키 선수.

"…응, 거기…… 거기…….”

할짝…… 할짝…….

고양이가 우유를 마시는 것처럼 찰팍이는 소리가 울려 퍼졌다. 그의 혀가 짧고 빠르게 움직이며 내 가장 민감한 부분을 자극하고 있었다.

"으…… 으응…… 으으으…….”

"소리를 왜 이렇게 안 내? 별로야?"

모치즈키 선수가 불만이 가득한 목소리로 날 타박했다. 내가 혹시 제대로 느끼지 못하는 게 아닌지 의심하는 눈치였다.

"그게 아니라…….”

나는 지금 당신의 '유카' 잖아요. 부끄러워서 소리를 참고 있는 거란 말이에요…….

하지만 차마 입이 떨어지지 않았다. 나는 가볍게 그러쥔 손을 입가에 댄 채 난처한 표정으로 모치즈키 선수를 올려다봤다. 애처로움 섞인 그 표정이 오히려 그의 욕정에 불을 지핀 것 같았다.

"…뭐야."

그가 쑥스러움을 숨기려고 일부러 투덜거리더니 다시 그

곳으로 고개를 수그렸다.

아아. 아직…… 계속하는 거야……?

허벅지를 떨며 신음하면서 처음으로 누군가가 안겨주는 쾌감에 대해 생각해 봤다.

첫 경험에서 그런 걸 맛볼 수 있을까?

난 아니었던 것 같다.

하지만 모치즈키 슈우토는 어쩐지 내가 절정에 못 이겨 쓰러질 때까지 그곳에서 입술을 떼지 않을 작정인 것 같았다……

"하아…… 하아……! 하아윽……!"

그는 흥분이 뒤엉킨 거친 숨을 내뱉으며, 눈을 감고 정말 열심히 그곳을 핥고 있었다.

나만 이렇게… 미안해…….

하지만… 아, 느낌이 오는 것…… 같기도…… 아…… 아…….

나는 그곳에 의식을 집중했다.

아, 지금… 지금인 것…… 같아……. 아아…… 지, 지금……!

"…아악……!"

나는 허리를 파들거리며 몸을 뒤틀었다. 쾌감이 등줄기로부터 머리끝까지 솟구쳐 올랐다.

아아…… 하아…… 아…….

하지만 모치즈키 선수는 내가 절정을 맞은 것도 알아채지 못한 것 같았다.

그곳에 입술을 바짝 붙인 채로 이번에는 손가락을 밀어 넣으려고 했다.

나는 당황해서 허리를 비틀었다.

"그, 그만……! 이제…… 충분하니까……."

"응?"

모치즈키 선수가 어안이 벙벙한 눈으로 고개를 들더니 내 꿀물로 범벅이 된 입술을 손으로 문질렀다.

"정말?"

"…그렇다니까요."

"에? 뭔가 시시하지 않아?"

뭐야! 그쪽이 먼저 처녀인 척하라고 했으면서!

"아이 참!"

나는 토라진 척 그를 가볍게 찼다.

모치즈키 선수가 그 다리를 붙잡더니 위로 획 접어 구부렸다.

"자, 잠깐만……!"

무릎이 가슴에 닿을 정도로 구부러지자 나는 당황한 표정으로 그를 올려다봤다.

잠깐 기다려! 나…… 처음인 건데 이런 자세는 좀…….

"그쪽이 기분 좋았으니 이번엔 내 차례겠지?"

…응. 그건 그렇지.

나는 가슴이 꽉 눌린 채로 숨을 가다듬었다. 곧이어 닥쳐

올 충격에 준비하며 눈을 감았다…….

"아…… 아아……."

아아. 왠지 진짜 처녀성을 잃어버리는 것 같은 느낌이야…….

그의 분신이 내 은밀한 동굴 입구를 이리저리 건드리며 가늠하는 게 느껴졌다.

곧이어 단단한 기둥이 중앙을 향해 거침없이 밀려 들어왔다.

"아…… 아윽……! 아, 아파……!"

아무리 연기라지만 진짜 아픈 흉내까지 낼 순 없을 것이다.

하지만 그의 분신은 진짜로 아프게 느껴질 만큼 커다랗고 단단하게 부풀어 있었다.

입을 꽉 다문 동굴 입구를 열어젖히고 한 번에 깊은 곳까지 쑥 파고들었다.

"아파……! 그만…… 하지 마……! 아아악……!!"

아아아아…….

안 돼…….

이제 더 이상은 순진한 척 못 하겠어…….

"아…… 아…… 아…… 아……!"

그의 분신이 깊숙한 곳까지 들어오자 나는 마치 아픔을 참는 것처럼 내 손가락을 깨물었다.

하지만 마음속은 더 이상 순진한 처녀가 아니었다.

…어떡해! 기분 좋아……!

모치즈키 선수가 내 다리를 짊어지듯 자신의 어깨로 걸쳤다. 공중에 뜬 사타구니 사이로 그의 단단한 기둥이 더욱 깊숙이 파고들었다.

"아, 안 돼…… 좀더…… 천천히……!"

천천히 해줘. 부드럽게 해줘……

손을 뻗고 그렇게 신음하는 나에게, 그는 얄궂은 말을 내뱉었다.

"싫어."

"어째… 서……?"

"넌 내 거니까."

아아……. 머릿속에서 하얀 불꽃이 튀는 것 같아 얼른 고개를 싸안았다. 이제 눈을 뜰 수 없을 지경으로 황홀했다…….

"알았어? 넌 이제부터 내 거야……. 내 거라고……."

그것을 다짐시키듯 모치즈키 선수는 내 안에서 그의 분신을 크게 한번 움직였다.

빙글, 하고 원을 그리듯이.

열쇠로 닫힌 내 몸의 문을 열듯이.

"웃…… 아아앗……!"

"그 얼굴…… 정말 섹시해!"

모치즈키 선수는 그의 침입에 몸부림치는 내 얼굴을 즐거운 듯 바라봤다.

그리고는 천천히 내 몸을 어루만졌다.

사랑스런 자신만의 인형을 쓰다듬듯이, 달콤하게.

"…움직일게."

모치즈키 선수가 천천히 허리를 빼자 나는 다시 날카로운 비명을 내질렀다.

몸속의 내장이 같이 딸려 나가는 것처럼, 그의 분신이 내 몸에서 빠져나가는 것이 생생하게 느껴졌다.

그리고 다시 날 쪼개는 듯 파고드는 그것…….

"아…… 아아악……! 아아……!"

뜨거워……! 너무 커……! 안 돼……!

모치즈키 선수는 흔들리는 가슴을 손으로 부드럽게 쓰다듬는 동시에, 쉬지 않고 허리를 놀리며 그의 욕망을 내 안으로 밀어 넣었다.

"아학……! 아아…… 아아악……!"

"기분 좋아? 내 거…….'"

"모, 몰라…… 모르겠어……!"

더 해줘. 더 깊이. 더 세게.

그렇게 소리치는 대신 나는 고개를 세차게 가로저으며 신음했다.

몰라. 이제 모르겠어.

정신을 하나도 차릴 수가 없어.

이러고 있으면…….

스스로의 몸을 껴안고 얼굴을 일그러뜨리며 쾌락에 빠져

드는 모습이 처녀성을 잃은 괴로움을 참는 것과 닮은 걸까.

모치즈키 선수가 한숨 섞인 신음과 함께 행복한 표정으로 눈을 감았다.

"아아, 진짜 끝내줘……."

"저…… 정말……?"

"응."

그리고 오른손을 가슴에 올렸다.

그래, 마치 필드에서 국기에 대한 경례를 할 때처럼.

"여기가 너무 벅차. 진짜 황홀해……."

마음이 꽉 차는 것 같아.

아랫도리가 아니라 가슴속이. 지금 너무너무…….

"감동적이야……."

그렇게 속삭이는 모치즈키 선수의 눈에는 눈물까지 그렁그렁했다.

당신의 소중한 첫사랑의 추억. '유카'와 처음을 맞았던 감동.

부러워. 눈부셔.

난 솔직히 그렇게 생각했다.

하지만…… 하지만.

나쁜 사람.

날 이용하다니.

"아…… 아하! 아, 아… 슈우토…… 슈우토……!"

나와 이렇게 다리를 얽어매고 열정을 나누고 있는데도 나는 조금도 바라보지 않는다. 잔인한 남자. 너무해, 너무해, 너무해, 너무해……

"아, 아, 아아악……!"

아플 정도로 가슴을 움켜쥐고 유두를 비트는 손길에 온몸이 불꽃에 휩싸인 듯 달아올랐다.

찌걱찌걱, 물빛 여운만이 교실에 울려 퍼지자 이제 아무것도 생각나지 않았다.

"이제 나하고만 해야 해……"

"아아! 어, 어째서……?"

"시끄러워. 무조건 나만 바라봐. 나 말고 다른 놈은 만지지도 마. 절대로……"

모치즈키 선수는 격렬하게 허리를 밀어 올리며 질투에 찬아이처럼 어리광을 피웠다.

흥분이 뒤섞인 숨을 몰아쉬면서 난폭하게 내 턱을 잡았다. 그리고 내 눈을 똑바로 쳐다보며 말했다. 반복해서, 몇 번이고 몇 번이고.

내 말 똑똑히 들어.

나만 바라봐.

이제 어디도 가지 마.

여기 있어. 여기에 있어줘.

내 곁에 있어줘……

소중하게 대해줄 테니.

"아……!"

난 두 손으로 머리를 감싸 쥐었다.

안 돼…… 그런 말 하지 마.

너무 좋단 말이야…… 죽을 것 같아……!

그는 멋대로 쏟아내는 말만큼이나 성급하게 허리를 놀리면서 진심으로 날 여기에 엮어두려고 했다.

긴 기둥을 휘두르며 그의 모양을 내 안에 새기고 영원히 지배하려고 했다.

이러지 마. 어차피 하룻밤 인연이면서…….

모치즈키 선수가 나한테 올라타더니 품안에 나를 꼭 껴안았다.

"좋아해. 좋아해. 소중하게 대할게. 진짜로 널 소중하게……."

가슴이 눌려서 숨이 턱턱 막혔다.

부탁이야…… 더 무너뜨려 줘.

난 모치즈키 선수의 허리에 다리를 얽어맸다.

더 해줘. 정신을 못 차리게 해줘.

이제 '유카'라도 좋아…….

멋대로 눈물이 쏟아졌다.

머리가 어떻게 된 게 분명했다.

머릿속 저편에 어렴풋이 펼쳐지는 풍경이 너무나 아름다웠다. 금빛 초원. 당신의 그 머리칼 색깔 같은.

동물의 왕처럼 기고만장한 바보 같은 남자. 그런 남자한테 휘둘리는 바보 같은 나. 그저 얽혀 있는 다리 사이에서만 꽃 필 하루살이 사랑인데……

"아……! 으으…… 흐악……!"

"아아아! 모치즈키…… 모치즈키……!"

난 절규를 눌러 담으며 필사적으로 손가락을 깨물었다. 모치즈키 선수는 그 손목을 꽉 붙들고 나를 소파 속으로 파묻어 버릴 기세로 강하게 찍어 눌렀다.

그리고는 먹잇감을 물어뜯듯 내 목덜미에 이빨을 갖다 댔다. 오싹한 전율이 온몸을 휘감았다.

소파 깊숙이 몸을 움츠리는 나와 집요하게 따라와 난폭하게 내 목덜미, 어깨, 그리고 가슴을 깨물어대는 그.

"아핫……! 아…… 아아, 하지 마……!"

무서운 척했지만 사실 난 다른 의미로 떨고 있었다. …고통과 함께 밀려드는 쾌락이 참을 수 없을 만큼 짜릿했다.

아아. 나는 아마 아픈 걸 좋아하는 것 같다…….

모치즈키 선수는 파르르 떠는 내 몸을 뒤집고는 이번에는 뒤에서 다시 커다란 그의 분신을 밀어 넣었다.

"히으윽……!"

등골을 쪼개는 것 같은 강렬한 자극에 나는 소파 끝을 꼭 붙들었다. 이런 걸 처음인 '유카'한테 했다고? 설마 그럴 리가. 아니지? 그렇지……?

모치즈키 선수가 뒤에서 가슴을 움켜쥔 채로 몸을 구부리더니 내 등줄기에 살짝 입술을 갖다 댔다. 문득 깃털이 하늘하늘 내려앉는 것처럼 보드라운 감촉.

"아아아악……!"

예고 없이 들이닥친 섬세한 자극에 나도 몰래 커다란 비명을 지르고 말았다. 뜨거운 숨결을 뱉어내는 입술이 목덜미에서 등줄기를 타고 내려왔다가 다시 어깨로 올라갔다…….

"…아아! 드, 등이…… 너무……."

"응……?"

"머리…… 머리카락이……."

그의 머리카락이 등에 닿는 감촉이 말도 안 되게 짜릿했다.

내가 흥분하는 곳을 발견한 모치즈키 선수는 거기만 집중해서 몇 번이고 몇 번이고 간질이듯 입을 맞췄다.

"좋아해…… 좋아해……."

누구를?

아마도 '유카' 겠지……?

모치즈키 선수의 허리가 점점 더 빨리 움직이더니 마지막을 향해 치닫기 시작했다.

"좋아해…… 나… 진짜로……."

나는 허리를 움직이고 싶은 충동을 억누르고 뺨을 바닥에 붙였다. 그리고 '유카'를 맛보고 싶어 하는 그를 안타까운 마음으로 받아들였다…….

"우우우윽……! 아…… 아윽……!"

부탁이야.

멈추지 말아줘.

좀 더, 좀 더, 더 빨리…….

좀 더 세게. 강하게. 난폭하게.

그냥 무너져 버리고 싶어.

이대로 마음까지…….

절정이 다가오자 난 손가락을 깨물며 소리를 참았다.

언제나 말도 안 되는 소리가 터져 나오는 걸 알고 있으니까. 그런 소리를 그에게 들려주지 않도록.

"으으으…… 아…… 아…… 아……!"

분출이 금지된 쾌락이 안쪽으로 몰리자 피가 거꾸로 솟는 것 같았다.

그래도 난 이를 악물고 참았다.

"아윽……! 아…… 으윽……! 으으흑……!"

모치즈키 선수는 자신의 분신을 길게 뽑아냈다가 다시 내 안으로 바싹 밀어 넣었다.

몸속에서 쾌락의 파도가 크게 일렁이기 시작하자 나는 소리를 죽인 채 부들부들 몸을 떨었다.

마지막까지 연기해 줄게, 모치즈키.

당신이 바라는 '유카'를, 내가 연기해 줄게…….

"으…… 아…… 아으윽……!"

'소중하게 대해 주겠다는' 침대 위에서의 달콤한 속삭임도 오늘 밤으로 끝.

그렇게 생각했지만,

의외로 그는…… 모치즈키 슈우토는 진심으로 나를 원하고 있었다.

*　　　　*　　　　*

아직 어둠이 채 가시지 않은 새벽.

옆에 있어야 할 모습이 보이지 않았다.

어디 갔지?

나는 모치즈키 선수의 싱글침대에서 일어나 주위를 두리번거렸다.

그리고 창밖을 바라보다가 발견했다.

본가인 차밭 앞에서 열심히 공을 차고 있는 그의 모습을.

완전 진지한 얼굴인데?

놀 땐 놀아도 확실히 프로였어.

그런 생각을 하면서 창문을 열었다.

모치즈키 선수가 나를 보고 싱긋 미소를 지어줬다.

나도 마주 웃었다.

"아침부터 연습이에요?"

"연습은 무슨. 조금 놀고 있어."

그가 엄지를 척 치켜세웠다.

"공은 친구."

"너무 진부하지 않아요? 그거?"

"왜? 명언인데."

모치즈키 선수가 다시 웃더니 완전 들뜬 얼굴로 '근데 오늘은 어디 가지?' 하고 물었다.

"에?"

난 어리둥절한 표정으로 그를 올려다봤다.

"도쿄에 돌아가는데요."

"헉! 자, 잠깐! 벌써?! 그, 그러는 게 어디 있어……!"

모치즈키 선수가 왠지 허둥거렸다.

"아직 맛있는 게 잔뜩 있는데?! 하, 할 수 없지. 잘 모르는 것 같으니 내가 안내해 주지. 마저 취재하고 가……."

흥. 뭐래? 그래도 뭐…… 나쁘지 않을 것 같아. 먹어보고 싶은 것도 있으니.

"그럼 시즈오카 오뎅이요."

"응? 그런 걸로 되겠어?"

"왜요? 유명하잖아요."

"물론 유명하지. 맛도 있고."

더 좋은 데를 데려가주려고 했더니만, 하고 모치즈키 선수가 중얼거렸다.

"괜찮아요. 오뎅이 좋겠어요."

"정말……?"

"쿠로한펜(고등어나 정어리 같은 등 푸른 생선으로 만들어서 거무스름한 색깔이 도는 어묵:역자 주) 먹어보고 싶어요. 본고장의 맛이잖아요?"

"뭐. 맛있긴 해."

모치즈키 선수가 어깨를 들썩이며 웃었다.

"하여간 이상한 여자야……."

한가로운 도로를 달리는 그의 자동차에서는 높다란 후지산이 보였다. 새하얀 눈 모자를 쓰고 있는 듯 너무 아름다웠다.

"시즈오카 사람들은 여기가 명당이라고 생각해."

"명당?"

"여기서 보는 후지산이 최고라고."

흐음. 그런 말이 나올 만한 것 같기도.

아아…… 날씨가 정말 좋구나.

"하마마츠는 일본에서 일조시간이 제일 길어. 유명한 농업 박사가 새로운 품종의 토마토를 만들기도 했잖아."

헤에……. 나는 느긋한 마음으로 모치즈키 선수의 설명에 귀를 기울였다.

어쩐지 데이트 같은 분위기라니. 어젯밤이 꼭 거짓말 같았다.

와사비즈케(고추냉이 줄기, 뿌리를 소금에 버무려 발효시킨 절임으로 시즈오카의 특산품:역자 주)를 사려고 도착한 역의 주차장에서 모치즈키 선수가 갑자기 입술을 들이밀었다.

뭐하는 거야!

나는 황급히 그를 밀어냈다.

"왜."

"사람들이 보잖아요."

…봐, 벌써 알아보는 사람들이 있잖아.

"저어…… 혹시 모치즈키 슈우토 선수 아니세요……?"

귀여운 여자들이 그를 둘러싸고 동경에 찬 눈빛으로 올려다봤다.

모치즈키 선수의 표정이 단박에 환해지더니 의기양양한 표정으로 일일이 사인에 응했다. 자기가 먼저 '같이 사진 찍을까요?' 하고 제안하기도 했다.

…아무리 봐도 가벼워. 레오 이상이야.

나는 먼저 가게에 들어가 쇼핑을 시작했다. 모치즈키 선수가 허겁지겁 쫓아 들어왔다.

"어이. 혼자 가면 어떡해."

"가게에 있었잖아요."

"아니 그래도……. 쳇, 차가운 여자 같으니……."

"그래요?"

…그럼 어쩌라고?

김이 모락모락 나는 냄비를 들여다보니 새카만 국물 속에 대나무 꼬챙이들이 비죽 솟아나와 있었다.

"우와! 맛있겠다!"

곤약, 어묵, 계란 등등이 모두 꼬치에 꽂혀 있었다. 여기서는 어묵에 파래 가루를 뿌려서 먹는다고 한다. 특이해!

"자. 쿠로한펜."

모치즈키 선수가 꼬치를 건넸다.

"헤에~ 오뎅이 아니라 숯불꼬치 같아요."

"고등어랑 정어리로 만든 어묵이라 그래. 뼈랑 껍질도 한꺼번에 가니까 색깔이 검지."

"오뎅 박사님 나셨네."

말하고 보니 왠지 비아냥거리는 말투처럼 들렸다.

화내지 않을까 긴장했는데 모치즈키 선수는 헤헤, 하고 기분 좋게 웃었다.

"우리 잘 맞는 것 같지 않아?"

"응? 그런가요?"

"혹시 운명 아닐까?"

"그래요?"

그런 섹스를 해놓고?

이상한 남자. 스타의 속마음은 알 길이 없구나.

어쨌든 나는 쿠로한펜을 한입 베어 물었다. 맛있어! 꽤 씹히는 맛이 있네.

"너 말이야, 참 귀여워."

"그래요? 고마워요."

"많이 닮았어."

"… '유카' 하고?"

"아니. 우리 개."

개?! 기가 막혀하는 내게 모치즈키 선수가 웃으면서 말했다.

"있잖아. 또 언제 만날까?"

에? 언제 만나다니?

거짓말! 이 사람 나를 또 만날 생각이야?!

멀뚱하게 쳐다보는 날 보자 모치즈키 선수는 '에에에?!!' 하고 소리를 질렀다.

"뭐야! 잠깐만, 그, 그러니까 지금…… 그런 가벼운 마음으로 나랑……!"

"무, 무슨 소리예요! 그쪽이야말로 어젯밤 나를 그렇게 다뤄놓고……!"

"아니, 그건 그러니까……."

우리는 파르르 떨면서 서로를 노려봤다.

그러더니 모치즈키 선수가 어깨를 축 늘어뜨렸다.

"하아. 이럴 수가. 말도 안 돼……."

응? 왜 그렇게 시무룩해지는 건데? 하룻밤 불장난이었던 거 아니에요?

"아니야. 바보 같긴. 정말로 네가 괜찮다고 생각했던 말이야."

에―? 나는 고개를 기울였다.

"다른 여자한테도 그렇게 말하고 다니죠?"

"아니라니까!!!"

모치즈키 선수가 버럭 소리를 질렀다.

"내가 그렇게 쉽게 여자들이랑 그러는 줄 알아? 괜히 파파라치한테 걸리면 곤란해진다고. 주간지에 '그 사람 물건은 너무 작아서 제 골에는 닿지도 않았어요!' 같은 기사라도 나면 어떡할 건데?!"

"와하하! 그거 재미있다!"

"진짜 그런 일도 있다니까? 진짜로!"

박수를 치며 좋아하는 나에게 그는 정말로 난처하다는 얼굴로 소리쳤다.

네, 네. 알았어요. 알았다고요.

나는 어깨를 움츠렸다.

"안심해요. 아무한테도 말 안 할게요."

모치즈키 선수가 갑자기 말문을 닫았다.

"…그러니까 내 말은, 우리 진짜로 사귀자고."

"하지만 여자는 널렸다면서요."

"널렸지."

"그럼 상관없잖아요. 굳이 내가 아니더라도……"

"싫어. 난 네가 맘에 든단 말이야. 사귀고 싶어. 사귀자. 응? 사귀자, 우리~!"

어린애도 아니고.

나는 질린 표정으로 모치즈키 선수를 쳐다봤다.

이것이 그날 화려한 골을 넣었던 모치즈키 슈우토의 진짜 모습이라니.

"응? 부탁이야. 친구라도 좋아. 뭐하면 섹스파트너라도. 그냥 가끔 상대만 해주면 돼."

문득,

이 사람…… 외로운 게 아닐까 하는 생각이 들었다.

화려한 세계처럼 보이지만 힘든 날도 많겠지.

그래서 응석을 부리고 싶은 것이다. 그렇게 생각하자 왠지 조금 불쌍해졌다.

하지만 분명히 제멋대로이고, 솔직히 말해 상대하기 귀찮을 것 같았다.

나도 꿈이 있는 여자인데 말이지.

"미안해요……. 내 어디가 마음에 들었는지는 모르지만……."

"가슴."

"…뭐라고요?"

"가슴이 맘에 들었다고."

…이 바보!!!

아아, 괜히 마음 썼어…….

"정말로 네가 맘에 들었다고. 진짜라니까?"

"네, 네……."

모치즈키 선수는 골을 노리는 것과 같은 무서운 집념으로 기차역 플랫폼까지 쫓아와서 끈질기게 졸라댔다.

"언제든 연락해. 너라면 어떻게든 시간을 낼 테니."

"네네, 알았어요……."

"진짜야. 연락 기다릴게. 일 때문이라도 좋아. 뭐라도 할게."

애매하게 고개를 끄덕이면서도 나는 분명히 연락을 하지

않을 거라는 생각이 들었다.

이런 걸 잘 이용하는 사람도 있겠지만 난 그럴 수 없다.

일단 우리는 스포츠지가 아니라 요리 잡지니까!

기차가 홈으로 미끄러져 들어왔다. 모치즈키 선수가 내 어깨를 잡더니 다시 한 번 '부탁이야' 하고 힘주어 말했다.

쓸쓸함이 묻어나는 그 눈빛에 마음이 약간 흔들렸다.

"좋아해, 아스카. 기다릴게."

…고마워요. 하지만 기다리지 말아요.

나는 마음속으로 그렇게 말했다.

차창 밖으로 그의 모습이 멀어져 갔다. 나는 그가 억지로 쥐어준 전화번호를 구겨 버렸다.

이건 버리자.

하지만 레오한테 얘기해서 시합은 보러 가야지.

그렇게 생각했다.

특별한 밤은 끝. 또 다시 대중 속의 한 사람이 돼서 당신을 보러 갈게요.

그때,

혹시 당신이 그 안에서 날 발견하고 웃어준다면, 그럼 조금 생각해 볼게요…….

"자. 편집부로 돌아가자."

다시 평범하고 바쁜 일상이 시작될 것이다.

선물로 산 장어파이 상자를 선반에 올리려는 순간 난 내 눈을 의심했다.

뭐야, 이게? 장어파이 상자에 모치즈키 선수의 사인이 적혀 있었다!

어느새 여기다 사인을…….

"정말이지, 못 말려!"

됐어. 잘됐지, 뭐. 레오가 기뻐할 거야.

나는 차창에 몸을 기댄 채 저물어가는 석양을 바라봤다.

…이 일은 역시 조금 애달픈 것 같아요. 편집장님…….

〈요코하마—쇼난〉
로맨틱한 뱃사람과의 밤

당신의 옆모습에 드리워진 다른 여자의 그림자가
내 마음을 흔들어놨어요.

"완전 호화로워요~!"

세계를 돌다가 잠깐 요코하마 항에 닻을 내린 호화 여객선의 실내. 이런 걸 사교계라고 하는 걸까?

유명 인사들이 모인 성대한 파티에 정신을 못 차리는 내게 아오야마 편집장님이 '아스카!' 하고 주의를 줬다.

"구경하러 온 거 아니잖아. 제대로 취재 못 해?"

"아, 네!"

"진정한 미식가는 맛있는 음식이 먹고 싶어지면 이런 럭셔

리한 여객선에 오른다고 해. 입이 고급스러운 손님밖에 없으니까 셰프도 일류고 식재료도 최고급이지."

"서민하고는 상관이 없는 얘기네요."

"상관이 없어도 알고 있어야지. 기껏 찾아온 기회를 놓칠 참이야?"

네, 네. 알겠습니다.

건성으로 대답하며 나이프로 소스가 자작하게 졸아든 송아지고기찜을 썰던 나는 깜짝 놀랐다.

뭐야, 왜 이렇게 부드러워?!

"송아지 스튜로는 크리미한 질감의 블랑킷 드 보가 대표적인데 이건 쥬 안에 브레제한 다갈색 스튜로군."

"네? 다시 한 번 말씀해 주시면 안 될까요?"

"…집에 가서 혼자 조사해 봐."

"죄송합니다……."

"정말이지. 경험을 많이 쌓으라고 그렇게 얘기했는데 아직도 모르는 게 이렇게 많아?"

윽…….

갑자기 뜨끔해진 나는 고개를 수그렸다. 경험을 쌓긴 쌓았는데…… 그게…….

착실하게 음란한 경험을 쌓고 있는 부하의 사생활을 알 리 없는 편집장님은 소스를 듬뿍 바른 송아지 고기를 씹으면서 만족스러운 표정으로 고개를 끄덕였다.

"으음. 고기 맛이 제대로 응축돼 있어. 불을 아주 잘 썼군."

나도 먹고 싶어! 나도 편집장님을 따라 얼른 고기를 입에 넣었다.

"우와!! 말도 안 돼!! 너무 맛있어!!!"

감격으로 부르르 떠는 내게 또 다시 편집장님의 타박이 시작됐다.

"너는 맛있다는 단어 외에 다른 표현은 몰라?"

"아니…… 그래도……."

어쨌든 엄청 맛있잖아요.

당장은 아무 생각도 안 날 정도로.

기어드는 목소리로 투덜대는 나에게 편집장님이 피식 미소를 지었다.

"하긴. 그게 아스카 네 장점이기도 하지."

아아, 저 다정한 얼굴…….

"느낌이 얼굴에 그대로 나타나. 아무것도 숨기지 못하는 먹보랄까?"

"그, 그게 뭐예요—!"

"아무튼 참 맛있군. 나도 일을 잊을 정도야."

"네. 저도요……."

낭만적인 선상파티의 분위기에 취한 걸까.

왠지 꼭 데이트 같아서 가슴이 조금 두근거렸다.

주변을 둘러보자 모두 부부 아니면 은밀한 연인 관계 같았다.

현악 사중주단이 라이브로 연주하는 왈츠의 선율 속에서

일류의 맛을 즐기면서 사랑을 속삭이는 원숙한 어른들의 세계라니.

좋겠다. 나도 언젠가는 누군가와 이런 즐거움을 맛볼 수 있었으면.

아니지. 혹시 이대로 편집장님과 긴 여행을 떠난다면?

…미쳤어, 미쳤어! 내가 지금 무슨 생각을!

쓸데없는 망상에 머리를 절레절레 흔들 때 편집장님이 고개를 들더니 눈인사를 건넸다.

"선장님."

돌아보니 하얀 제복을 걸친 로맨스그레이 같은 아저씨가 서 있었다!

우와… 멋있다…….

"어때요. 먹을 만하십니까?"

우오! 목소리마저…….

나는 멍하니 선장님을 올려다봤다. 바다 깊은 곳까지 울릴 것처럼 낮고 중후한 목소리였다.

"이번에 흔쾌히 취재에 응해주신 것만도 정말 감사한데 이렇게 파티 초대까지 해주시니 몸 둘 바를 모르겠습니다…….."

"저야말로 감사하죠. 『미식 여행』에 소개된다니 셰프가 얼마나 긴장을 했는지 몰라요."

선장님은 몇 살쯤 됐을까?

편집장님이 꼭 아들처럼 보였다.

마음이 맞았는지 두 사람은 인사 후에도 즐겁게 대화를 이어갔다.

"요코하마에는 얼마나 정박해 계시는 건가요?"

"나흘간이요. 이 파티는 오늘 하루 여객선에 들르시는 손님을 위한 것으로, 이 배를 타고 세계를 여행하고 계신 승객분들은 지금 육지에 내려가 계십니다."

"그럼 선장님도 오랜만에 육지에 내려가시겠네요?"

"아뇨. 저는 요코하마에는 내리지 않습니다."

"왜요? 내리면 안 되는 건가요?"

"아니 그런 건 아니지만……."

말끝을 흐리는 선장님의 옆모습에서 문득 쓸쓸함이 묻어났다.

편집장님도 눈치를 챈 것 같았다.

이유를 물으려는 찰나, 잘 차려입은 부인이 선장님에게 춤을 청하러 다가왔다.

"그럼 실례하겠습니다. 재미있게 즐기다 가십시오."

부인의 손을 잡고 우아하게 리드하는 선장님. 부인의 얼굴을 보니 이미 분위기에 흠뻑 젖어든 것 같았다.

"디즈니 영화 같아요."

"좀 더 고상한 감상평은 없는 거냐."

하지만 하얀 제복에 금빛 견장이라니.

너무 멋져서 현실과는 거리가 멀어 보이는걸.

이게 호화 여객선의 세계구나…….

그런 세계를 잠깐 엿본 것만으로 공부가 됐다고 생각했다. 그게 어른들이 하는 사랑의 입구인 줄도 모른 채…….

*　　　*　　　*

"기다리게 해서 죄송합니다."

약속 장소인 차이나타운 관제묘(요코하마 차이나타운 중앙에 자리한 사당으로, 삼국지의 영웅 관우를 모시고 있다:역자 주)에 나타난 선장님. 어제의 제복 차림과는 사뭇 다른 캐주얼한 옷차림에 절로 눈길이 갔다.

카키색 캐시미어 스웨터에 카멜색 치노 팬츠. 목에는 얇은 머플러를 두르고 있었다.

"멋지세요……."

나도 몰래 중얼거리자 선장님이 '예?' 하고 얼굴을 붉혔다.

아아. 왠지 귀엽기까지!

"못써요. 늙은이를 놀리면."

"늙은이라뇨. 전혀 그렇게 보이지 않으세요."

'할리우드 배우 같으세요!' 하고 덧붙이려다가 경박한 젊은이처럼 보일까 봐 관뒀다.

편집장님이 공손하게 말을 꺼냈다.

"오늘 무리하게 청을 드려서 죄송합니다."

"아니에요. 저야말로 괜히 따라 나서서 폐 끼치는 건 아닌지……."

선장님이 멋쩍게 웃으면서 말했다.

어젯밤, 파티 후에 잠깐 선장님을 다시 만났다. 이야기를 나누던 중, 그는 한동안 요코하마에는 내리지 않고 있다고 했다.

그 얼굴이 왠지 모르게 쓸쓸해 보인 건 내 착각이었을까.

그 말을 들은 편집장님은 잠깐 생각을 하시는 듯하더니 말했다.

「오늘 파티에 초대해 주신 보답으로 차이나타운에 초대하고 싶은데 괜찮으신지요?」

정중하게 거절하는 선장님에게 편집장님은 이상할 만큼 끈질기게 청을 드렸다.

결국 선장님은 난처한 기색을 크게 지우지 못하면서도, 편집장님의 청을 받아들였다.

「왠지 마음에 걸려서 말이야.」

어제 돌아가는 길에 편집장님은 그렇게 말씀하셨다.

「왜 안 내리는지는 모르지만 사실은 무척 내리고 싶은 게 아닐까…….」

그게 무슨 말인지는 모르겠지만, 신경이 쓰인 나는 결국 이렇게 함께 나온 것이다.

우리는 선장님을 차이나타운의 오래된 중국집으로 안내했

다. 선장님이 눈을 가늘게 뜨며 추억에 잠긴 목소리로 말했다.

"전 여기의 고기만두를 좋아했어요. 유명하지요? 무척 큰 만두 말이에요."

"맞아요. 잘 알고 계시네요."

"사실 전 요코하마에서 태어났거든요."

그랬구나.

근데 왜 요코하마에 안 내리는 거지?

고향인 곳이면, 추억도 많을 텐데.

점점 의문이 커져갔다.

하지만 나도 편집장님도 왠지 물을 수가 없었다.

담소를 나누면서 막 런치코스를 주문한 찰나, 갑자기 편집장님의 핸드폰이 울렸다.

"잠깐 실례하겠습니다."

양해를 구하고 자리를 뜬 편집장님.

선장님과 단둘이 남자 갑자기 자리가 조용해졌다.

어색해. 뭔가 얘기를 해야 하는데……

하지만 당황하면 당황할수록 할 말이 더 생각나지 않았다.

식은땀을 흘리는 내게 선장님이 먼저 말을 걸어주셨다.

"아스카 씨."

"예?!"

어떻게 내 이름을 알고 있지?!

내가 너무 놀라자 선장님이 오히려 당황한 듯 말을 이

었다.

"죄송해요. 아까 편집장님이 그렇게 부르길래……."

앗, 그러고 보니 명함도 안 드렸네! 그러고 보니 우리가 통성명도 안 했구나…….

그렇게 생각할 때 편집장님이 급히 자리로 돌아와 내 팔을 잡아끌었다.

"아스카. 잠깐만……."

뭐지……?

대체 무슨 일이 생긴 거지……?

"이거 미안해서 어쩌죠? 오늘 하루 나 같이 늙은 사람을 떠맡게 됐으니."

바다 속을 연상시킬 정도로 깊고 조용하게 울리는 선장님의 목소리가 내 가슴속으로 부드럽게 밀려 들어왔다.

참 편안하긴 했지만…….

"그런 말씀 마세요."

난 방긋 웃으면서 억지로 명랑하게 말했다.

"얼마 만에 들른 요코하마인데 충분히 즐기셔야죠!"

"하지만…… 편집장님이 신경 쓰이죠? 사실은 돌아가고 싶지 않나요?"

바다를 바라보니 언제나처럼 여객선이 떠 있었다.

나… 신경 쓰고 있는 걸까? 편집장님을…….

전화를 받고 허둥지둥 돌아온 편집장님은 날 로비로 불러냈다.

「미안. 급한 일이 생겼어!」

「예?!」

「이번 달 기획 원고를 주기로 하셨던 요리 연구가 분이 교통사고를 당한 모양이야.」

저런! 어쩌다가……!

안됐다는 생각과, 이번 달 마감은 어찌해야 하지 하는 위기감과, 그리고 편집장님이 가고 난 다음의 어색함이 동시에 떠올랐다.

「안 돼요! 전 선장님하고 할 얘기도 없는데…….」

「글쎄. 난 바다 얘기를 좀 더 듣고 싶었는데……. 미안. 알아서 해줘. 인생경험이 풍부한 분이니까 너한테도 공부가 될 거야.」

…공부는 무슨 공부! 멋대로 갖다 붙이지 마!

상념을 접고, 나는 '편집장님 일을 왜 신경 쓰겠어요' 하고 중얼거렸다. 교통사고를 당한 요리연구가는 신경이 쓰이지만.

'그래요?' 하고 선장님이 대답했다.

"그렇게 그 요리 연구가랑 친했나 싶긴 하지만요."

마감을 못하게 생겼으니 큰일인 거지만, 괜히 그렇게 비꼬게 되었다.

내 맘을 읽은 건지, 선장님이 피식 웃음을 터뜨렸다.

"알겠습니다. 그럼…… 이렇게 나이 든 아저씨라 미안하지만 오늘 하루 잘 부탁해요."

"와! 저희 데이트하는 거예요?!"

난 선장님의 팔짱을 꼈다. 그때는 열심히, 대담하게. 그리고 우리 아빠보다도 나이가 많은 그를 전혀 남자로 의식하지 않은 채.

그래서 그의 왼손 약지에 백금 반지가 빛나고 있는 것도 전혀 보지 못했다.

*　　　*　　　*

"왜 저는 안 되는 거죠……?"

여객선의 조타실에서 난 드디어 참지 못하고 그의 넓은 등으로 달려들었다.

"그럼 왜 그렇게 다정했던 거예요……?"

호화 여객선의 선장인 그에게 있어 완벽한 에스코트는 간단한 일일지도 모른다.

여성을 들뜨게 만드는 것도.

하지만 나를 바라보는 눈동자는 단지 그것만이 아닌 것 같은 느낌이 들었다.

그리고 눈이 마주치면 황급히 거둬 버리는 시선도.

마린타워. 시바스. 개항기념관. 붉은 벽돌 창고…….

바닷바람을 맞으면서 요코하마 명소를 거니는 동안 나는

왠지 모를 초조함을 느끼기 시작했다.

나를 한 사람의 숙녀로 대하면서 항상 미소를 지어주는 선장님.

결코 나를 먼저 만지지 않았다.

하지만 어디까지나 신사적인 그의 시선이 왠지 투명한 꿀물로 만들어진 거미줄처럼 나를 옥죄고 있었다.

나는 조바심이 났다.

내 뭔가를 원하면서도 결코 손을 뻗지 않는 그에게.

눈이 마주치면 피하면서도 다시 황홀하게 바라보는 저 눈동자에.

그에게 끌린 이유를 나는 그의 탓으로 돌리고 있었다.

그의 탓으로 돌리고 싶었다.

이렇게 나이가 많은 사람, 게다가 곧 떠나가 버릴 사람에게 반하다니…….

"왜 안 되는 거예요?"

"……."

"사모님이 계신가요?"

"그 사람은 죽었어요."

여기, 요코하마에서.

선장님은 고개를 돌린 채 담담하게 말했다.

하지만 나는 알 수 있었다.

그가 요코하마에 내리고 싶지 않았던 이유를.

"제가 사모님하고 닮았나요?"

"아뇨. 안 닮았어요. 아스카 씨는 아스카 씨예요. 누구와도 닮지 않았어요."

"그럼 왜 자꾸 절 그런 눈으로 보시는 거예요!"

난 그의 팔을 잡아끌어 억지로 조타실 의자에 앉혔다. 그리고 두 볼을 붙잡고 고개를 위로 들어 올렸다.

"키스할 거예요."

"…그만둬요."

흔들리지 않는 낮은 목소리.

하지만 고개를 돌리지도 않는다.

왜……?

난 천천히 그의 얼굴로 다가갔다.

그리고 그의 입술에 내 입술을 갖다 댔다.

거칠거칠한 수염의 감촉.

혀를 밀어 넣어봤지만 그는 저항하지 않았다. 이빨을 지나 더 깊은 곳으로 파고들었다.

아직 움직이지 않는 부드러운 혀를 혀끝으로 간질이며 자극해 봤다.

하지만 전혀 움직이지 않았다.

이렇게 유혹하는데 왜?

슬픈 마음으로 입술을 뗐다. 음란한 여자라고 생각할지도 몰라. 당돌하게 이런 짓을 저질렀으니.

그가 깊은 한숨을 내쉬었다.

아아, 역시 질린 거야…….

"아스카 씨. 당신은 아직 아무것도 몰라요. 여긴 꽤 성숙한 것 같지만……."

엣?!

갑자기 가슴 위로 닿는 그의 손길에 나는 흠칫 놀랐다.

그의 손이 원을 그리듯 가만히 움직였다.

"아……."

"당신은 아무것도 몰라요. 아직 아이예요……."

손가락 끝이 옷 위로 봉긋하게 부푼 언덕을 어루만졌다.

그리고 엄지손가락이 단단하게 솟아난 돌기를 지그시 눌렀다.

"뭘… 모른다는 거예요……?"

"…나처럼 나이가 든 사람한테 당신 같이 젊고 활짝 핀 여성은 빛나는 금단의 열매와 같답니다. 한번 입에 댔다간 헤어날 수 없을지도 모른다는 공포를 당신은 몰라요……. 무척 괴로운 일이죠. 특히나 배를 타는 남자한테 있어서는……."

바다 속처럼 낮게 울리는 목소리.

나는 눈을 감고 그의 어깨에 몸을 기댔다.

그가 나를 안고 머리칼을 쓰다듬었다. 이어서 귀를, 목덜미를.

그리고 거칠거칠한 수염과 부드러운 입술이 내 이마 위로 닿았다…….

"선장님, 전……."

"이 나이쯤 되면 입이 까다로워진답니다. 몸을 파는 여자로는 만족할 수가 없죠. 더더욱 허무해지기만 하고……. 타는 것 같은 갈증은 영원히 해소되지 않아요. 다음 열매를 발견할 때까지."

다음 열매 같은 건 찾지 말아요.

난 눈을 뜨고 그를 바라봤다. 욕망을 애써 참고 있는 눈. 온 세계의 바다를 누비면서 온 세상의 태양을 뒤집어쓴 피부에 새겨진 깊은 연륜.

이 사람을 원해.

나를 위해 영원히 괴로워해 줘요.

"선장님……."

"네……?"

"그런 공포를 저도 알고 있어요. 아마…… 남자보다 훨씬 더."

난 그의 벨트 아래로 손을 뻗었다. 봐, 이렇게…….

당신도 이렇게 날 원하고 있으면서.

"제 안에 넣을 거죠? 이거……."

나는 나이 따위는 전혀 느낄 수 없을 정도로 크게 부풀어 오른 기둥을 천천히 쓰다듬었다.

표정에 거의 변화가 없던 그가 희미하게 신음을 내뱉었다. 목울대가 위아래로 움직였다.

"그런 다음 제가 얼마나 외로워지는지 선장님은 모르시죠……?"

"아스카 씨……."

그의 목소리가 다급해졌다. 그래도 미간을 찌푸리며 참으려고 애를 쓰는 것 같았다.

그래서 난 처음으로 그의 이름을 입에 올렸다.

"타카시(隆) 씨……. 절 안아주세요."

그의 두 손이 내 어깨를 다정하게 감싸 쥐자 나는 내심 기뻐했다.

하지만 그는 나를 안기는커녕 그대로 몸을 일으켜 세웠다.

그리고는 충격을 받고 우두커니 서 있는 나에게 아무 일도 없었던 듯 부드럽게 미소 지었다.

"정말이지, 곤란한 아가씨로군요."

"타카시 씨……."

"당신처럼 사랑스러운 여자가 그런 말을 하면 남자들은 다 착각하게 된다고요."

착각?

뭘 착각한다는 거지?

무슨 말인지 모르겠어!

나는 어지러운 눈빛으로 다시 한 번 타카시 씨에게 다가섰다.

"왜 도망치세요?"

하지만 타카시 씨는 조타실의 창문 너머로 펼쳐진 바다를 바라볼 뿐이었다.

"제가 그렇게 매력이 없나요?"

나는 속상한 나머지 말도 안 되는 투정을 부리고 있었다.

이윽고 백발이 드문드문 섞인 콧수염이 실룩이며 입술이
열렸다.

"아스카 씨. 이렇게 나이가 든 사람을 놀리면 안 돼요."

"놀리는 게 아니라니까요!"

타카시 씨의 따뜻한 손이 내 머리를 가볍게 쓰다듬었다.

"자아. 진정해요 아스카 씨."

왜? 어째서?

당신도 날 원하고 있는 걸 알고 있어요. 그런데 왜…….

"경솔하게 행동하지 말아요."

"경솔하게……?"

"잠깐의 욕망에 몸을 맡겨서 당신 자신을 소모시켜선 안
돼요. 알겠어요?"

"모르겠어요."

나는 그를 노려봤다.

왜 내가 소모된다는 거지?

"편집장님은 저한테 항상 좋은 경험을 많이 쌓으라고 말씀
하세요. 어떤 경험이라도 쓸모없지 않다고……."

이런 내가 구차하게 느껴져서 왠지 서글펐다.

"전 진심이에요. 만난 지 얼마 되지 않았지만 타카시 씨가
정말 좋아요……. 어쩔 수 없이 헤어져야 한다면 추억이라도
갖고 싶어서……. 이런 제가 바보 같나요?"

바보 같겠죠.

혼자 그렇게 생각했다.

바보 같아.

이렇게 매달리고 거부당해도, 그래도 아직 안기고 싶다고 생각하다니.

하지만…….

하룻밤이라도 좋아.

당신과의 추억을 원해.

그리고 나 역시 당신의 추억 속에 머물렀으면…….

나는 다시 한 번 그의 목덜미에 팔을 두른 채 그에게 키스 했다.

강렬하게. 억지로.

이러면 안 되는 것일지도 모른다.

엄청난 실례일지도 모른다.

하지만 그의 몸에서 배어나오는 바다의 향기가 내 이성을 마비시켰다. 그는 금방 다시 여행을 가버릴 것이다. 보내기 싫어. 타카시 씨…….

그가 숨을 삼키며 중얼거렸다.

"…그런 얼굴을 하면 나도 더 이상 참을 수가 없어져요."

흔들리는 목소리에 몸을 움츠린 순간, 타카시 씨가 내 턱을 잡고 위로 휙 들어 올렸다.

"…후회하지 말아요."

"아…… 아아……!"

매끄러운 감촉의 시트 위.

난 이미 눈을 뜰 수 없을 정도로 그에게 빠져들었다.

부드러운 손가락이 마치 겨우 손에 넣은 보물을 만지는 것처럼 내 피부를 조심스럽게 쓰다듬었다.

"아름다워…… . 정말로 아름다워."

목덜미를 간질이던 입술이 쇄골과 어깨까지 미끄러져 내려와 몇 번이고 몇 번이고 키스를 퍼부었다.

"너무 아름다워요…… ."

뜨겁게 속삭이는 숨결과 까슬까슬한 콧수염이 피부를 간질이자 전율이 돋았다.

정통파 유럽 스타일의 클래식한 호텔.

나를 안기로 결심한 그는 더 이상 망설이지 않았다. 내 어깨에 팔을 두른 채 성큼성큼 길을 나서더니 날 바닷가에 인접한 이 호텔로 데리고 왔다.

이미 달아오를 대로 달아오른 나는 어디라도 상관없었지만 방에 들어온 순간 눈이 휘둥그레졌다.

"멋져요…… ."

역사를 간직한 멋스러운 가구. 조타실처럼 좌우로 넓게 펼쳐진 창문에서는 컴컴한 밤하늘을 배경으로 요코하마의 베이브리지가 반짝이는 광경이 보였다.

하지만 순간적으로 그의 눈이 애잔한 기운을 띠자 가슴이 아팠다.

누군가와 온 적이 있나요?

죽은 사모님과?

아니면…… 또 다른 여자와……?

과거가 없을 리 없다는 것을 알고 있지만 마음속에는 여전히 어수선한 바람이 불었다.

그런 질투심을 없애려는 것처럼, 그는 뒤에서 가만히 나를 감싸 안았다.

"아스카……."

고막을 흔드는 달콤한 목소리.

날 안고 있는 팔에 점점 힘이 들어가자 가슴속에서 뜨거운 한숨이 새나어 왔다.

지금…… 무척 소중하게 대해주고 있어.

소중하게 대하려고 노력하고 있어.

그런 느낌이 들어…….

품안에 나를 가둔 채로 그는 내 머리칼에, 귓가에, 부드러운 입맞춤을 퍼부었다.

단지 그뿐인데도 무릎이 떨려 서 있기가 힘들었다.

이제부터 펼쳐질 꿈같은 밤을 예감했기 때문일까.

타카시 씨의 손가락이 내 머리칼을 가만히 가르며 목덜미까지 내려왔다.

아까까지의 패기는 온데간데없이, 나는 몸을 움츠린 채로 꼼짝도 못하고 굳어 있었다.

나를 아끼는 것 같은 그의 움직임은 조심스러운 한편 너무나도 끈적끈적했다. 날 조용히 지켜보고 있던 그 거미줄 같은 시선처럼.

"아……."

타카시 씨가 옷 위로 허리를 부드럽게 쓰다듬자 나도 모르게 신음이 새어 나왔다.

그의 손이 천천히, 조용하게, 내 실루엣을 더듬었다.

"…멋져요."

정신이 아득해질 것 같이 낮은 바리톤. 눈앞이 어지럽게 흔들렸다.

"머리칼도…… 피부도…… 더없이 아름다워요. 당신은 정말 나한테는 분에 넘칠 정도로 최고의 여성이에요……."

저런 칭찬을 들을 만한 내가 아니라는 것은 알고 있다.

하지만 그는 정말 그렇게 생각하는 것처럼 들려 뿌듯했다.

기대와 긴장과 기쁨에 점점 촉촉하게 젖어가는 야경.

셀 수 없을 만큼의 입맞춤과 부드러운 손길.

그 손은 좀처럼 내 살갗을 건드리지 않았다. 그래서 그 손이 가슴에 온 순간 나도 모르게 그것을 꼭 붙들고 말았다.

그만해요, 가 아니라 좀 더 만져줘요, 라는 의미로…….

"성급한 아가씨로군……."

타카시 씨가 후후, 하고 웃음을 흘리면서 내 손을 꽉 붙잡았다.

그리고 갑자기 날 돌려세웠다…….

"어디서 배운 거지……?"

"으응……."

벽으로 나를 몰아세운 타카시 씨는 내 입술을 틀어막은 채

스웨터 속으로 손을 미끄러뜨렸다.

"아…… 으응……."

등줄기를 타고 올라오는 손길을 따라 전율이 퍼져 나갔다. 눈 깜짝할 사이에 브라의 후크가 풀렸다.

당신이야말로. 이렇게 능숙하다니.

질투심에 불탄 나는 그의 혀를 얽어맸다.

타카시 씨는 그 혀를 집어삼킬 기세로 강하게 빨아들였다.

"으읍……!"

당해낼 수가 없어.

순간적으로 깨달았다.

아니. 당해낼 수 없다는 건 처음부터 알고 있었던 것 같다.

하지만 자꾸 마음이 흔들린다.

맞서보려고 안간힘을 쓰는 나와, 아무것도 모르는 척해 보고 싶은 나.

당신은 어느 쪽을 더 좋아하나요?

네? 타카시 씨.

당신이 사랑했던 여자들은 어느 쪽이었나요……?

녹아버릴 듯 조심스럽다가 이따금 난폭하기도 한, 길고 긴 입맞춤.

혹시 내가 그의 전리품 중 하나에 지나지 않는다 해도 상관없다고 생각할 만큼 애틋했다.

그의 마음속 깊은 곳에 숨어 있을 아름다운 추억들. 지금 나도 그중 하나로 새겨지고 있다…….

가슴을 바작바작 태우는 질투와 함께 그런 확신이 밀려들자 나는 그의 앞에서 누구보다 최고의 여자이고 싶었다.

"타카시 씨…… 좋아해요……."

"쉿……."

그의 손가락이 내 입술을 막았다.

"제가 먼저 말하게 해주세요. 아스카 씨……."

애써 욕망을 억누르는 듯 이글거리는 그의 눈이 내 눈을 응시했다.

"당신한테 반했어요, 아스카 씨. 처음 본 순간부터 얼마나 당신을 원했는지 몰라요……."

내가 마치 남국의 과실이 된 것 같은 느낌이었다.

타카시 씨는 너무 간단하게 내 옷을 벗긴 뒤 흘러넘치는 꿀을 맛있게 핥았다.

감탄에 젖은 황홀한 눈빛과 함께.

그의 입술 위를 뒤덮은 콧수염이 옆구리를 간질이자 나는 날카로운 비명을 내질렀다.

손바닥이 마치 형태를 확인하려는 것처럼 부드럽게 엉덩이를 쓰다듬었다.

그리고 허벅지 안쪽, 무릎, 발끝.

"아…… 아핫……."

왜 이렇게 온몸 구석구석을 어루만지는 걸까.

점점 몸이 달아오르자 나는 그에게 매달리려 했다. 하지만 타카시 씨는 내 손목을 잡고 시트 속으로 떠밀었다.

"얌전히 있어요."

깜깜한 방 안을 울리는 낮은 목소리.

왠지 주눅이 든 나는 시트를 흐트러뜨리며 몸을 떨 수밖에 없었다. 몸속에서는 점점 열이 고이기 시작했다.

가슴속과 아랫배에 불덩어리처럼 뜨거운 무언가가 점점 부풀어 오르다 못해, 다리 사이로 조금씩 새나가는 것 같은 느낌.

그는 가끔 그것을 확인했다.

내 무릎 안쪽을 잡고 다리를 크게 벌린 뒤 내가 이제 얼마나 젖고 있는지 체크했다.

"…발갛게 달아올랐군요."

"하, 하지 마세요……."

나는 수치심에 얼굴을 싸안았다.

그렇다고 달라지는 것은 없지만 남에게 보여선 안 될 것을 보이고 만 것 같은 기분이 들어서 어쩔 수가 없었다.

그 순간, 갑자기 그곳으로 뜨거운 입김이 닿았다.

"아…… 아핫……!"

발끝이 부들부들 떨렸다.

내 가장 민감한 꽃봉오리도 파르르 떨렸다.

가슴을 쥐어뜯고 싶어질 정도였다.

제발 날 좀 어떻게 해줘! 차라리 핥아줘! 아니면 넣어줘!

괴로운 숨을 내뱉으며 생각했다.

부탁이에요, 더 이상 괴롭히지 말아줘요…….

하지만 그런 당돌한 말을 입에 담을 순 없었다. 나는 그저 그의 머리칼을 붙들고 그의 머리를 그곳으로 인도하려고 했다.

제발…… 이제 입을 맞춰주세요…….

그는 내 애원을 들어주는 척 순순히 다리 사이로 따라 들어왔지만 순간적으로 얼굴을 틀어 허벅지 안쪽에 입을 맞췄다.

"아…… 안 돼……!"

"뭐가 안 되죠?"

허벅지 안쪽까지 흘러넘친 달콤한 꿀을 구석구석 핥으면서 그가 말했다.

마치 갈비의 뼈를 발라먹듯 게걸스러운 소리를 내며 내 몸을 맛있게 핥아대고 있었다.

"하지 마…… 아, 아, 아, 아앗……."

몸속을 관통하는 예리한 쾌감에 나는 활처럼 둥글게 등을 구부렸다.

하지만 그는 날 도망치도록 놔두지 않았다. 이번에는 날 휙 뒤집더니 등줄기에 입을 맞추면서 손으로 가슴을 주물렀다…….

"아학……! 아, 안 돼…… 아아아……."

아마 난 지금 일어설 수조차 없을 것이다. 뼈가 빠진 것처럼 온몸에 힘이 하나도 들어가지 않았다.

타카시 씨가 뒤에서 목덜미를 깨물자 비명이 터져 나왔다.

이제부터 처참하게 잡아먹힐 작은 동물이 된 것 같았다…….

"정말로 귀여워……."

꼼짝달싹 못하는 나를 놀리는 것 같은 그의 짓궂은 목소리.

"꽤 대담한 아가씨인 줄 알았는데. 정반대였군……."

다나카 씨는 내게 복종의 자세를 요구했다. 커다란 손바닥이 내 머리를 깃털이 빵빵하게 들어 있는 부드러운 베개 속으로 파묻자 허리가 높이 올라갔다.

부드럽고 여유가 넘치는 그 동작은 마치 도망가려면 도망가라고 시험하는 것처럼 보이기도 했다.

하지만 도망갈 수는 없었다.

눈도 제대로 뜰 수 없었다. 침이 비어져 나와도 입을 다물고 있을 수가 없었다. 나는 그저 거친 숨을 몰아쉬며 그의 뜨거운 처분만을 기다리고 있을 뿐이었다…….

드디어 그가 뒤에서 덮쳐오자 나는 눈을 질끈 감았다.

사타구니 사이로 팽팽하게 솟구친 뜨거운 물건의 기운이 느껴졌다…….

"아…… 아아……."

원해…….

넣어줘…… 빨리 넣어줘…….

"벌써 넣어달라고……?"

부끄러워서 대답을 할 수가 없었다.

"내숭은. 이렇게 젖어놓고……."

그의 분신 끝이 은밀한 동굴 입구를 툭 건드렸다.

으응……! 몸을 흠칫거리는 날 놀리는 것처럼 그의 물건이 근육의 굴곡을 따라 위아래로 움직이기 시작했다.

"악……! 아아…… 아학……!"

젖은 꽃잎을 어루만지던 그의 분신이 주름을 젖히고 들어와 민감한 돌기를 간질였다.

매끄럽게 젖은 점막을 뜨겁게 비비는 그의 남성. 금방이라도 무너질 것 같은 허리를 타카시 씨가 가차 없이 꽉 움켜잡았다.

"얌전히 이쪽 쳐다보고 있어. …넣어달라면서?"

애를 태우듯 살짝 고개를 들이민 그의 분신에 나는 신음을 내뱉었다.

단단히 부풀어 오른 기둥이 지금이라도 들어올 듯 찌걱찌걱 외설스러운 소리를 내면서 노크해 놓고는 다시 멀어져 갔다.

"타, 타카시 씨……."

죽고 싶을 정도로 부끄러운 모습을 강요당해도 도망치지 않는 것은 나의 자유.

"널 원해……."

갈라진 그의 목소리.

하지만 날 탐하면서도 아직도 시험하는 듯 느릿느릿한 움직임.

"하지만…… 아깝군. 벌써 넣기에는……."

"싫어……! 제발 이제…… 넣어줘요…… 아학……!"

앞쪽으로 파고든 손이 꽃봉오리를 집듯 부드럽게 민감한 돌기를 잡는 바람에 세차게 허리를 들썩인 순간, 그의 분신이 내 은밀한 곳으로 밀려들어왔다.

"으응……! 아아아……!"

동물적인 본능이라고밖에 설명할 길이 없다. 나는 난잡하고 격렬하게 허리를 돌리며 그의 물건을 더욱 깊숙이 집어삼켰다.

하지만 그것 또한 제지하는 타카시 씨…….

"아아아……! 왜요……?"

내가 움직이지 못하도록 엉덩이를 붙잡은 그의 손가락에 힘이 꽉 들어갔다.

"아가씨……. 얌전히 있으란 말 못 들었어?"

집어넣는 건 나야…….

선장일 때를 연상시키는 결연한 명령에 나는 왠지 꼼짝도 할 수 없었다.

자신의 분신을 내 그곳에 살짝 집어넣은 채 타카시 씨는 앞쪽의 꽃주름을 세차게 비볐다.

켜켜이 감싸고 있는 주름이 뭉개지며 젖혀지자 매끌매끌하게 젖은 꽃봉오리가 고개를 내밀었다.

"아……! 아아아아……!"

신음하는 나를 내려다보면서 조금씩, 조금씩 그가 들어오기 시작했다.

뱃머리가 바다를 가르듯, 유유히 내 안으로 미끄러져 들어왔다.

"흐아…… 아…… 아……!"

온몸이 저릿했지만 고통 때문만은 아니었다. 화살을 닮은 그의 분신이 점점 더 내 깊숙한 곳으로 파고드는 희열이 온몸에 가득 퍼졌다.

그의 아랫배가 내 엉덩이에 닿았다. 물건의 끝이 내 가장 깊숙한 곳까지 밀려들었다.

타카시 씨가 쿡, 하고 한 번 더 허리를 놀려 몸을 끝까지 밀착시키자 내 입에서는 다시금 날카로운 비명이 터져 나왔다.

"아아……! 앗……! 아…… 아하…… 아——……!"

너무나 난잡하고 문란한 소리. 그리고 남자의 그것을 품은 것이 좋아서 어쩔 줄 모르는 것 같은 소리였다…….

"…삽입한 것만으로도 이렇게 흥분을 해?"

뱃속 깊은 곳까지 울려 퍼지는 것 같은 낮은 목소리가 나를 나무랐다.

"…대체 얼마나 남자 맛을 보고 다닌 거야."

그리고는 후훗, 하고 묘한 웃음을 흘렸다.

"얄미워서 참을 수가 없군……. 지금까지 너를 거친 남자들을 생각하면……."

그의 물건이 내 안에서 스르륵 빠져나갔다.

"히익……!"

예상치 못한 충격에 나도 모르게 새된 비명을 질렀다.

그런 내 머리칼을 거머쥔 채로, 그는 다시 두터운 기둥을 다시 내 안으로 밀어 넣었다.

다시, 천천히, 천천히……

"크…… 으…… 아아아아아……!"

"호오? 어떻게 이렇게 꿈틀거릴 수 있지? 더할 나위 없이 쫄깃쫄깃해……."

"싫어……! 아아학…… 그만……!"

"개발의 여지가 없다는 건 좀 쓸쓸한데……. 아니지……."

그가 뜨거운 숨을 토해낸다.

"그렇기 때문에 더더욱 파헤쳐 보고 싶은 건가? 너의 모든 것을……."

내일 밤,
당신은 이제 여기 없겠지.
그렇기 때문에 더더욱 느끼고 싶은 걸까.
당신의 모든 것을…….

뜨거운 욕망을 내 안에 밀어 넣은 채, 타카시 씨는 천천히 내 엉덩이를 쓰다듬었다. 그리고 그 손이 서서히 허벅지로 내려왔다.

"아아……."

그대로 장딴지를 매만지고, 복사뼈를 어루만지고, 뒤꿈치를 쓰다듬었다. 마치 내 실루엣을 하나하나 확인하듯……

"똑똑히 새겨두겠어……."

타카시 씨가 중얼거렸다.

"두 번 다시 만날 수 없을 테니……."

그런 말 하지 말아요!

나는 타카시 씨를 돌아보려고 했지만 그가 갑자기 허리를 놀리는 바람에 아래로 고꾸라지며 신음을 쏟아냈다.

아랫도리를 타고 뱃속 깊은 곳까지 연결된 느낌.

고동치는 그의 물건이 부끄러운 장소를 비집고 들어와 저 깊은 곳까지 들어왔다.

뱃속 깊은 곳까지 파고든 단단한 욕망이 허리 뒤쪽부터 등줄기 사이를 천천히 간질이자 다시 비명이 터져 나왔다.

"아아……! 기분이 이상해……! 제발…… 나 좀……!"

타카시 씨는 비틀리는 내 허리를 꽉 붙들고 내가 자지러지는 부위를 향해 허리를 천천히 밀어 올렸다.

"아아아……! 안 돼……!"

"얌전히 있으라니까."

그의 물건이 그곳을 자극할 때마다 등줄기로 찌르르한 전율이 솟구쳤다.

처음엔 밀려드는 파도처럼 느긋했던 리듬이 점점 빨라지기 시작했다.

"아학……! 아…… 아, 아, 아……!"

몸이 허공으로 두둥실 떠오르는 것 같았다.

등줄기를 타고 온몸으로 스멀스멀 퍼지는 동요와 함께 닭

살이 돋을 만큼 소름이 끼쳤다.

뭐지? 이 느낌은 도대체……!

"…엄청나게 조여드는군."

말도 안 돼!

힘을 전혀 줄 수가 없는데 어떻게…….

"…상당한 명기야."

눈앞이 흐릿하게 번져서 아무것도 보이지 않는 가운데, 홀린 것 같은 그의 중얼거림만이 들려왔다.

"촉촉하고 따뜻하고…… 안에서부터 감싸듯이 내 걸 조여와. 빨려 들어갈 것 같아……."

정말……?

다른 남자가 그런 노골적인 말을 했다면 민망해서 싫었을 것 같다.

하지만 차분한 그 목소리는 정말 신뢰가 갔고, 그도 지금 기분이 좋을 것이라고 생각하니 너무 행복했다.

잊지 말아줄래요……?

그의 욕망이 반복해서 내 안을 파고들 때마다 기묘한 쾌감이 모양을 바꿔가며 몰려들었다.

허리가 멋대로 그의 움직임에 맞춰 움직이기 시작했다.

"아으으응…… 아핫…… 아…… 아……!"

들어오는 타이밍에 맞춰 허리를 놀리자 현기증이 날 정도로 아찔했다…….

그의 모양을 천천히 음미하며 기억하고 싶었지만 이미 녹아버린 내 그곳은 속절없이 달아오를 뿐이었다.

있는 대로 헤집어지고 있다는 것밖에 알 수 없었다. 기분이 좋다는 것밖에 알 수가 없었다.

정신을 차려 보니 나는 그에게 안긴 채로 앉아 있었다.

"자. 내 목덜미에 팔을 두르고…… 그래그래, 착하네……."

나는 아이처럼 그에게 안겼다. 하지만 다리 사이에는 뜨거운 기둥이 아플 정도로 깊이 박혀 있었다.

등을 구부리자 결합된 부분이 보여서 왠지 더 몸이 달아올랐다. 나는 젖은 신음을 내뱉으며 그의 머리칼을 붙들었다.

"이런. 얌전히 있으라니까……."

타카시 씨는 천천히 몸을 움직여 커다란 베개를 세운 뒤 침대머리에 몸을 기댔다. 그리고는 다시 나를 안고 등줄기를 쓰다듬었다.

다정하게, 몇 번이고 몇 번이고.

"귀엽구나……."

그가 나를 사랑스러운 눈으로 올려다보고, 나는 그 입술에 키스를 퍼부었다.

다정한 밤.

그도 눈을 감았다. 우리는 처음엔 가볍게, 그리고 점점 깊이 서로의 입술을 탐하며 혀를 빨아들였다.

"…으…… 으응…."

까슬까슬한 콧수염이 내 코끝을 간질이자 왠지 가슴이 두근거렸다. 그의 손이 천천히 아래로 내려가더니 내 엉덩이를 붙들었다.

타카시 씨는 입을 맞추면서 나를 안아 올리고는 다시 천천히 아래로 내렸다. 공중에 뜬 내 몸을 관통해 들어온 그의 분신이 위아래로 움직였다……

"아……! 기, 기분 좋아요……! 아아……!"

하아, 하아, 하고 숨을 몰아쉬면서 혼자 허리를 움직이기 시작한 날 보자 그는 다시 '맹랑한 아가씨야' 하고 웃었다.

하지만 가슴을 감싸듯 다정하게 애무하고, 목덜미에 입을 맞추며 등줄기를 쓰다듬어 주었다.

찌걱…… 찌걱…… 찌걱…… 찌걱…… 찌걱…….

하나로 연결된 그곳에서는 젖은 소리가 새어 나왔고, 난 입술을 깨물며 쾌락을 참았다.

금방이라도 정신을 잃을 것 같이 아찔하면서 묘한 기분. 이대로 조금 더 나아가면 절정의 쾌감을 맛보겠지만, 하지만…….

"서…… 선장님……. 타카시 씨……."

나는 신음했다.

"이대로 쭉…… 이렇게 있었으면 좋겠어요……."

이 밤이 끝나지 않았으면 좋겠어요.

이대로 그냥 아무런 생각 없이

당신에게 몸을 맡기고 있었으면 좋겠어요.

그는 아무 대답도 하지 않았다.

다만 쉬지 않고 내 몸을 쓰다듬으며, 이따금 감탄이 섞인 한숨을 내뱉을 뿐이었다.

그러다가 그가 갑자기 내 사타구니 사이로 손을 쑥 집어넣었다.

"아윽……!"

그가 손가락으로 붉은 꽃봉오리를 잡자 나는 허리를 흠칫했다.

아! 움직일 수가 없어…….

타카시 씨의 단단한 기둥이 내 아랫도리에 깊이 박혀 있었다. 나는 꼼짝달싹 못한 채 마른침만 삼키고 있었다.

그의 손가락이 천천히 꽃봉오리를 비틀었다.

"…움직여 봐."

"아…… 안 돼요…….."

"왜? 아까까지는 잘도 날뛰더니……."

"그, 그게 아니라…… 히익! 아, 안 돼…… 놔주세요……."

"응? 왜지……?"

껍질 사이로 움튼 새싹을 문지르듯, 그의 손가락이 천천히 그곳을 자극하기 시작했다.

동시에 그는 마치 맷돌을 갈듯 허리를 크게 돌렸다…….

"아학! 아아아아……!"

순식간에 쾌락의 바늘이 눈금을 넘어가 버렸다. 하지만 절정으로 치닫지는 못했다.

왜……! 어째서……?!

그가 왼손으로 파르르 떨기 시작한 내 팔을 강하게 붙잡으며 지탱해 줬다.

"…끝을 보고 싶나?"

그렇게 말하면서 나의 붉은 꽃봉오리를 잡아당겼다. 비명을 지르며 몸부림치는 나를 보며 그는 여유롭게 미소 지었다.

…아직 괜찮겠지?

타카시 씨가 몸을 일으켜 날 안더니 깜짝 놀랄 힘으로 날 들었다가 시트 위로 휙 내던졌다.

몸속을 메우고 있던 커다란 기둥이 갑자기 빠져나가자 나는 크게 비명을 질렀다. 부드러운 침대에 내동댕이쳐지자 영문을 알 수 없어 멍하니 그를 올려다봤다.

"아직, 괜찮아……."

싱글벙글 웃는 그의 모습은 장난을 좋아하는 소년처럼 보였다.

다시 내게로 덮쳐오는 몸은 너무 따뜻했고, 짭조름한 바다 향기가 배어 있었다.

나는 그 등에 팔을 두르면서 생각했다.

이제…… 지금부터 시작이구나!

"…끝까지 가고 싶었는데."

"하룻밤에 몇 번이나 그럴 수 있지?"

"글쎄요. 세본 적이 없어서……."

"그럼 지금부터 세볼까?"

그렇게 말하면서 타카시 씨가 다시 내 다리를 벌리고 들어왔다.

"아아악! 으응······!!"

"아아······ 정말 기분 좋아······."

"정말이에요······?"

"그렇고말고. 이대로······."

이대로······.

타카시 씨가 잠깐 말문을 닫았다.

이 사람은 지금 무엇을 떠올리고 있을까. 마음이 조급해진 나는 그의 허리에 다리를 얽어매고 최대한 관능적인 표정을 지으며 고개를 기울여 봤다.

"이대로······ 계속 있고 싶어요?"

그가 웃었다.

"아니······."

이대로 널 산산조각 내버리고 싶어.

＊　　　＊　　　＊

이젠 알게 된 행복감과 이미 알아버린 불행함 중 어느 쪽이 더 클까.

초콜릿 파르페라면, 이 맛을 모른다면 불행해! 라고 단언할 수 있을 텐데.

"안 먹을 건가?"

"아뇨……. 먹을 거예요……."

거의 점심때가 다 된 호텔 카페.

이 호텔의 명물인 초콜릿 파르페는 높이 이십오 센티라는 어마어마한 크기를 자랑하고 있었다.

소문으로 익히 들었고, 한번 먹어보고 싶다고도 생각했다. 하지만 지금은 왠지 선뜻 내키지 않았다.

이런 일은 별로 없는데…….

항상, 엄청난 이별 후에도 눈앞에 맛있는 음식이 있으면 마음을 뺏기곤 했는데.

"잘 먹겠습니다……."

그래도 억지로 한 스푼 떠서 입에 넣어본 순간, 상당히 잘 만든 음식이라는 것을 알 수 있었다.

"입안에 카카오 향기가 확 도는 게…… 질이 좋은 초콜릿이네요. 아마 벨기에의 정통 초콜릿을 사용하는 것 같아요……. 아이스크림도 일단 재료가 좋아야……."

"호오. 역시 다르군."

파르페를 칭찬하는 건지 날 칭찬하는 건지 알 수 없었다. 타카시 씨는 어젯밤과는 전혀 딴사람인 양 행동하고 있었다.

호텔방을 나서기 전, 문 바로 앞까지는 확실히 연인이었는데.

「넥타이 맬 줄 아나?」

타카시 씨가 가방에서 니트 타이를 꺼내 나한테 건넸다.

맬 수 있긴 한데…….

나는 캐주얼한 소재에 당황해서 머뭇거렸다.

하지만 그런 마음을 내비치지 않고 그의 앞에 섰다. 넥타이쯤이야 아무렇지 않게 맬 수 있는 여자라고, 그렇게 허세를 부리고 싶었을지도 모른다.

「잘하는군.」

그가 후후, 하고 웃었다.

「누구한테 배웠을까?」

작은 질투가 편안하게 가슴속을 울렸다. 그리고 뜨거운 입맞춤. 이제 곧 두 사람만의 공간에서 금방 나가야하지만, 하지만.

하지만 혹시 어떤 약속을 해주지 않을까.

예를 들어…… 다시 요코하마에 오게 되면 연락하겠다든지,

기다려 달라든지,

날 슬프게 하지 않는 미래를 약속하지 않을까 기대했지만…….

"여긴 나폴리안 스파게티랑 도리아를 처음으로 일본에 들인 가게이기도 하지."

"맞아요. 드셔보실래요?"

"아니. 젊었을 적엔 많이 먹었는데. 오늘은 별로…… 뭔가를 먹을 식욕이 없군. 벌써 배가 불러."

그렇게 말하면서 그는 조용히 커피를 마셨다.

"뭐…… 그러다가 다시 배가 고파지겠지만."

다시 말해 그것은, 다시 다른 여자로 허전한 마음을 채우겠다는 말?

먹는 얘기 속에서 숨은 뜻을 파악한 나는 스푼을 내려놨다.

"벌써 다 먹었어?"

"네. 저도 이제 배가 부른 것 같아요. 평소엔 이러지 않는데……."

나는 힐끗 그를 올려다봤다. 말하고 싶은 걸 말할 수 있을 것 같지는 않지만.

"…전 당분간…… 배가 안 고플지도 몰라요."

타카시 선장이 곤란한 표정으로 희미하게 미소 지었다. 콧수염이 움직여서 겨우 알 정도로 옅은 미소였다.

그리고 손목시계를 보더니 '그럼' 하고 일어섰다. 상처받을 정도로 미련 없이.

"슬슬 가봐야겠어."

그 순간에야 나는 깨달을 수 있었다.

이별에는 꽤 익숙해져 있음에도 불구하고 이렇게 가슴이 미어지는 것은, 이번엔 내가 보내는 쪽이기 때문이다.

추억을 간직한 채로 이 장소에 남겨지기 때문이다.

요코하마의 항구도, 차이나타운도, 그와 걸었던 미나토미라이도, 이 호텔도, 초콜릿 파르페도.

언제나 마음만 먹으면 갈 수 있는 곳이지만, 하지만 그는 더 이상 없을 테니까.

나는 그를 쫓아 일어서면서 먹다 남긴 파르페를 돌아봤다.

손가락으로 크림을 찍어 먹어봤다.

맛있어. 다시 먹으러 와야지.

오늘은 미안.

너보다 저 사람이 매력적이었어.

…지금은 말이야.

그리고 생각했다.

나는 여러 사람에게…… 정말 잔인한 일을 저질렀구나.

사실 작별의 순간은 별로 생각나지 않는다.

마지막으로 키스를 해달라는 말은 차마 하지 못했고, 그도 내 손끝 하나 건드릴 기색이 없었다.

그저, 이별의 순간에 그는 넥타이의 매듭 부분에 살며시 손을 댔다.

"안녕, 아스카 씨. …부디 건강하길."

*   *   *

휴일이 지난 다음 날.

조금 늦게 출근한 편집부는 여전히 복작복작했다.

"여여. 아스카."

옆자리의 레오가 고개 들어 날 보더니 눈을 둥글게 떴다.

"어라? 오늘은 왠지 더 부어 보이는데?"

"시끄러워! 살짝 울어서 그래!"

"엥? 뭔데, 뭔데? 실연이라도 당했어?"

"…그랬다면 어쩔래?"

에……. 레오의 얼굴이 굳었다.

"뭐야. 정말로?"

"거짓말이야. 영화 보면서 울었어."

나는 손을 휘휘 내저으며 자리에 앉았다. 정말 영화 같았어. 차라리 영화였으면 좋았을 텐데.

"맞다. 편집장님은?"

"몰라. 아직 안 오셨어. 아참, 소식 들었어? 원고 주기로 했던 요리 연구가 분이 사고가 엄청 크게 났나 보더라고."

아, 맞다.

그래서 편집장님이 일찍 가버렸고, 그래서 그런 일이…….

"그럼 많이 다치신 거야?"

"아니. 멀쩡하대."

"에―?!"

"차는 엉망진창으로 우그러졌는데 본인은 좋다고 술만 마시고 있었다나. 전부터 그런 쪽으로는 유명한 사람이었다던데?"

레오는 낄낄대며 웃었지만 나는 그럴 수 없었다.

당황해서 달려간 편집장님은 정말 큰일이 난 줄 아셨던 거 같은데.

…뭐, 내가 상관할 일은 아니지만.

그 덕에 타카시 선장님과 특별한 밤을 보낼 수 있었으니

후회는 하지 않지만.

하지만 알게 된 기쁨을 만끽한 후에는 알아버린 불행도 따라온다.

파르페를 먹으러 가야겠어. 달콤한 맛만 기억해야지.

그때 편집부에 택배가 도착했다. 레오가 택배 무더기 중 하나를 나한테 휙 던졌다.

"자! 네 앞으로 온 거네."

누구지? 발신인을 확인하자 가슴이 철렁 내려앉는 것 같았다. 타카시 선장님과 묵었던 그 호텔……?

뭘 놓고 왔나?

그보다…… 어떻게 내 회사 주소를 안 거지?

그렇게 생각하면서 주섬주섬 포장지를 풀자 안에 하얀 리본이 달린 작은 파란 상자가 들어 있었다.

그리고 그 상자를 열자…….

이…… 이건!

나는 책상 위로 무너져 내리고 말았다.

"우왓! 왜, 왜 그래 아스카?!"

"…아무것도 아니야."

치사해요, 타카시 씨.

이런 식으로 남기는 거.

마음을 전하려면, 먹으면 없어져 버리는 과자로 해줘요!

카드가 있나 찾아봤지만, 타카시 씨로부터의 메시지는 없고 호텔 측에서 적어놓은 메모가 한 장 끼워져 있었다.

『동행 분으로부터 아스카 씨에게.
사랑을 담아.』

사랑이라니, 어떤 사랑?
네? 대답해 줘요…… 타카시 씨…….
묻고 싶지만 그는 이미 바다 위에 있다.
나와는 다신 만나기 힘든 곳으로 떠나 있다.
"…레오. 나 집에 갈래."
"뭐?!"
"오늘은 돌아갈래. 일 못하겠어."
"에—! 뭐야! 무슨 일인데 그래? 자, 잠깐만 기다려……."
말리는 레오와 옥신각신하고 있자 편집장님이 들어오셔서
느긋하게 말씀하셨다.
"어이. 아스카. 한가해 보이는데?"
"한가하지 않아요!"
"아무튼 잘 됐네. 며칠 전에 갔다 온 호화 유람선 체험기,
너한테 맡겨야겠다. 급하니까 서둘러!"
"에—!!"

아아, 편집장님. 이 일은 역시 너무 애달파요…….

〈홍콩〉
마천루에서 즐기는 S취향 편집장님과의 밤

항상 '여자'로 보이고 싶다고 하면, 너무 사치스러운 욕망일까?

"와아! 영계다, 영계!"

동료인 나카무라 레오가 지나가는 여고생에게 휘파람을 불며 떠들어댔다.

편의점에서 점심거리를 사가지고 나오던 길이었다.

"조용히 해! 동네 부끄럽게."

확실히 오피스 밀집지역이라 여고생의 모습이 드물긴 하지만 그렇게 떠들 것까지야.

"웬 질투? 나이 들었다고 티내긴."

"뭐, 뭐라고~?!"

나카무라 레오! 넌 지금 나뿐만이 아니라 전 세계의 모든 여자를 적으로 만들었어!!!

"어쩌겠어. 십 대는 피부부터가 다른걸."

"이, 이 변태! 음란마귀!"

"뭐랄까…… 탱글탱글하고 반들반들하지 않아? 허벅지도 그렇고 뺨도 그렇고."

"더러워! 저리 가!"

"후후……. 대부분의 남자는 아마 나처럼 생각할걸? 나이 든 여자들이 무서워서 입에 담지는 못해도 말이야."

"웃기시네! 그런 걸 롤리타 콤플렉스라고 하는 거야!"

옥신각신하면서 사무실로 돌아오자 아오야마 편집장님이 불쑥 고개를 들었다.

"사이좋구나? 너희들."

"어디가요!" "말도 안 돼요!"

나는 뾰로통한 얼굴로 투덜거리며 자리에 앉았다. 아— 진짜 화나!

기분이 안 좋아진 탓인지 단 게 먹고 싶어졌다. 편의점에서 과자도 좀 사올걸.

"그런데 아스카. 요전에 요리 연구가 분이 소개해 준 약선 레스토랑 말인데……."

편집장님이 내게 말을 꺼냈다.

"이번 주말에 가볼까??"

"엣, 주말에요?"

평일 밤이 아니라……?

"그래. 휴일이라 싫은가? 이번 주는 아무리 해도 시간이 안 나서……."

"아니에요! 좋아요! 상관없어요!"

오히려 주말이 좋아요…….

나는 괜히 가슴이 두근거려서 눈을 내리깔았다.

주말에 만나면 꼭 데이트 같잖아요…….

레오가 시큰둥한 표정을 짓더니 불만스러운 듯 쿵! 소리를 내며 의자에 앉았다.

"왜, 데이트 나가는 기분이야?"

"바, 바보! 무슨 소리야? 취재잖아, 취재!"

다시 옥신각신 말다툼을 시작한 우리를 보며 편집장님은 영문을 모르겠다는 표정을 지어 보였다.

그러더니 이내 읽고 있던 신문을 접더니 '밥 먹으러 갔다 올게' 하고 자리에서 일어났다.

"오늘은 어디에 가세요?"

"소바나 먹으러 갈까. 어쩐지 속이 더부룩해."

편집장님이 내 편의점 도시락을 힐끗 쳐다봤다.

"안 질려?"

"전혀요. 요즘 편의점 도시락이 얼마나 잘 나오는데요. 맛있어요!"

"흐음. 그건 그렇지만……. 그래도 손으로 만든 음식에는 비할 바가 아닐 것 같은데……."

어라? 뭐, 뭐야. 지금 나…… 여자로서의 능력을 의심받고
있는 거야?

"가, 가능하면 집에서 싸오고 싶지만……."

"아니야. 바쁜데 그게 쉽겠어?"

나도 힘든데.

편집장님은 그렇게 말씀하시고 훌쩍 자리를 떴다.

아아~ 나는 복잡한 마음으로 눈앞의 편의점 도시락을 물
끄러미 바라봤다.

그야 내가 직접 만드는 게 좋겠지.

하지만 누군가를 위해서도 아닌, 온전히 나를 위해 음식을
만드는 건 왠지 좀 귀찮아서…….

혹시 남자친구를 위한 거라면 매일아침 열심히 만들 텐데
말이지~! 막 이래! 꺄아!

레오가 다시 어이없는 얼굴을 했다.

"너…… 혼자서도 잘 논다? 모노드라마 찍냐?"

"신경 끄시지!"

편집장님과 긴자역 앞에서 만나기로 약속한 주말.

뭘 입고 갈지 엄청 고민한 끝에 새로 산 핑크색 원피스를
선택했다.

취재인데 너무 화려한 거 아닌가 싶었지만…… 주말인데
뭐 이 정도는 괜찮겠지.

"미안. 많이 기다렸어?"

"아니에요. 저도 방금 왔어요!"

긴자역 앞에서 만난 편집장님은 여전히 인텔리하고 젠틀했다.

편집장님은…… 평소와 다름없는 패션이구나.

뭐, 취재니까! 그럼.

취재하러 갈 레스토랑은 번화가에서 꽤 벗어난 뒷골목에 위치해 있었다. 편집장님이 지도를 들여다보며 중얼거렸다.

"꽤 후미진 곳이로군. 숨은 맛집이라 이건가."

"회원제라고 하더라고요. 원래 취재도 잘 안 해주는 곳이 래요……."

"흐음……. 대단한데? 아스카."

"네?"

"네가 맘에 드니까 그 요리 연구가 분이 이렇게 도와주는 거 아냐. 잘 했어."

오늘 레스토랑은 얼마 전 취재를 맡았던 요리연구가 분이 가르쳐 주신 곳이다.

분명 나를 맘에 들어해 주시긴 했지만… 여자끼리 죽도 잘 맞았고.

전 딱히……. 칭찬을 받고 있는데 뭔가 복잡해지는 이 기분. 오히려 부아가 치밀었다.

"그렇지 않아요."

"응?"

"전 그분한테 잘 보이려고 노력한 적 없어요. 편집장님은 왜 항상 모든 걸 일과 연결시키세요? 제가 그분하고 친해진 건 저도 기쁘지만 업무적으로 도움을 받으려고 한 건 아니에요."

"어이, 어이. 왜 그래?"

편집장님이 난처한 표정을 지었다.

"난 그냥 칭찬해 준 건데……."

"알고 있지만…….

하지만 그런 사고방식이 왠지 슬프단 말이에요. 편집장님은 항상 그런가요? 모든 걸 일에 결부시켜야 하는?

…이렇게 생각하는 제가 너무 순진한 건가요?

나도 왜 이렇게 내가 욱했는지 모르겠다.

주말에 같이 나온 취재에 들떠서, 막상 일 이야기가 나오자 기분이 상한 것일까?

어색한 분위기가 흐르는 가운데 인적이 드문 좁은 골목길로 꺾어 들어갔다.

그런데! 그곳에는 더욱 어색한 사태가 벌어지고 있어서 우리는 화들짝 놀라 발길을 돌렸다.

젊은 커플이 겁도 없이 뒷골목에서 당당하게 몸을 섞고 있다니!

"뭐, 뭐야 저 녀석들은! 상식도 없나!"

편집장님이 드물게 당황하셨다. 나도 심장이 두근거려서 고개를 들 수가 없었다.

"다, 다른 길로 가지."

다른 길을 안내하는 편집장님의 손이 내 등에 닿았다.

아……

그 손바닥의 따뜻함을 의식하게 되는 나.

역시 두근거린다.

제멋대로라고 싫어하는 사람도 있지만, 언제나 난 이 사람을 의식하고야 만다.

*   *   *

우리가 도착한 곳은 외진 곳에 자리 잡은 한적한 분위기의 약선 레스토랑이었다. 입구에는 간판 대신 작은 등롱이 하나 달려 있었다.

"모르는 사람은 찾아오기 힘들겠어……."

"그러게요……."

중국식으로 장식된 내부는 무척 시크한 분위기를 풍겼다.

"대단해. 온통 청나라 이전의 앤티크 장식품뿐이야. 오오, 적회 접시도 있군!"

"적회?"

"몰라? 명나라 때 유행한 도자기 사조로서……."

편집장님의 일장연설이 시작되려는 찰나, 레스토랑의 여주인이 나타났다.

"어서 오세요."

우와! 미인!! 장난 아닌 미인!!

넋을 잃고 서 있는 우리에게 여주인이 화사하게 미소 지었다.

"잡지에 대한 평판 많이 들었습니다. 이렇게 뵙게 돼서 영광이에요."

"아니…… 저희야말로……."

기분 탓인지 편집장님의 뺨이 발갛게 물든 것처럼 보였다. 우씨…….

여주인이 부드러운 미소를 띤 채로 편집장님의 얼굴을 쳐다봤다.

"위장이 약하신 것 같군요. 그리고 마음이 답답하지 않으세요?"

"어, 어떻게 그걸……?"

"일단은 간장의 움직임을 돕는 구기자주를 한잔 드세요. 긴장이 완화될 거예요."

"긴장 완화라……."

"네. 항상 바쁘시죠? 간장은 스트레스를 느끼기 쉬운 장기랍니다. 오늘만큼은 맛있는 음식 많이 드시면서 원기를 회복하고 가세요."

여주인의 지시로 차례차례로 요리가 등장했다.

"진피를 곁들인 청새치찜이에요. 위를 보양하고 식욕을 촉진하죠. 그리고 이건 굴과 백합근을 넣어 끓인 죽이에요. 마음이 편안해질 겁니다."

"맛있어! 뭐지, 이건……?"

편집장님의 목소리가 흥분으로 가득했다.

"세포에 알알이 스며드는 것 같은 맛이야. 혀도 기쁘지만 몸도 좋아하는 것 같은…… 이런 음식이라면 얼마든지 먹을 수 있겠어!"

"너무 많이 드시면 안 돼요, 아오야마 씨. 하지만……."

평소보다 훨씬 들뜬 편집장님을 보며 여주인이 섹시한 미소를 띠었다.

"아까보다 훨씬 얼굴이 편안해 보이시는군요. 잘생기신 분이 무서운 표정을 하고 있어서 얼마나 안타까웠는지 몰라요."

여주인의 말에 편집장님이 다시 얼굴을 붉혔다.

…저기요! 자꾸 이러실 거예요?!

분하긴 하지만 매력 넘치는 여자야.

촉촉하게 젖은 눈동자가 꼭 푸른 호수 같아.

피부도 머릿결도 윤기가 좔좔……

몇 살이나 됐을까?

전혀 가늠할 수가 없네…….

좋겠다. 나도 언제까지나 저렇게 예뻤으면 좋겠다.

이 요리에 비밀이 있는 건가?

나는 젓가락으로 음식들을 하나하나 집어 신중하게 맛을 봤다.

"열심인 아가씨군요. 보기 좋아요."

여주인이 나를 향해 미소 지었다.

"괜찮으면 만드는 법도 배워 보실래요?"

에? 보통이라면 맛의 비법을 알려주기 싫어하는 게 정상인데 웬일이래?

"약선은 한 번에 효과를 볼 수 있는 게 아니에요. 오랜 시간에 걸쳐 몸속에 좋은 기운을 쌓아가는 게 중요하죠. 친근한 재료로 가정에서도 간단하게 만들 수 있는 레시피를 전수해 드릴게요."

"에一! 정말요?!"

와우! 어째 술술 풀리는데?!

소개를 받고 와서 잘해 주는 건가……?

"만나보니 참 좋은 분들인 것 같아서요."

여주인이 내 어깨에 손을 얹었다.

그때…… 이상한 느낌이 들었다. 마치 그 손을 통해 따스한 기운이 흘러들어오는 것 같은…….

여주인이 부드러운 미소를 띤 채 나와 편집장님을 번갈아 쳐다봤다.

"아오야마 편집장님, 아스카 씨. 두 분이라면 저희의 생각을 올바르게 전달해 주실 것 같아요."

신뢰를 받는다고 생각하니 저절로 어깨가 펴졌다.

"그럼 바로 시작할게요. 뼈와 피부를 튼튼하게 하고 노화를 방지하는 음식…… 뭘까 궁금하죠?"

"네!"

"바로 닭날개찜이에요. 무척 간단하답니다. 일단 닭날개를 네 토막에서 여섯 토막 정도 준비하고…….”

여주인이 마치 눈앞에서 요리를 하듯 손을 움직이며 설명했다.

뚝배기에 닭날개를 넣은 뒤 감주 한 컵, 물 반 컵, 껍질 벗긴 생강 두 조각, 그리고 씨를 빼내고 잘 씻은 대추를 네 개 넣는다.

처음엔 강불에서 끓이다, 보글보글 소리가 나기 시작하면 약불로 바꾼 뒤 천천히 조린다.

“닭고기가 푹 익으면 다 된 거예요. 어때요, 쉽죠?”

“네! 저도 할 수 있을 것 같아요.”

“먹으면 몸이 따뜻해지고 혈액순환이 좋아진답니다. 닭날개에 함유된 콜라겐이 피부에 좋기도 하고요.”

“건강보조제로 콜라겐을 먹고 있긴 한데…….”

“가능하면 음식에서 섭취하는 게 좋아요. 요리는 즐겁잖아요. 마음의 여유가 있어야 가능하겠지만.”

“그렇군요…….”

그러고 보니 매일 정신없이 사느라 간단한 것만 손에 집고 있었어…….

혼자 상념에 젖어드는 순간 편집장님의 휴대폰이 울렸다.

“아이쿠. 실례 좀 하겠습니다. 일 때문인 것 같아서…….”

편집장님이 휴대폰을 가지고 자리를 떴다. 저 봐, 항상 저런 식이지…….

“바쁜 분이네요.”

"네. 항상 일, 일, 완전 일벌레예요. 머릿속에 일 생각만 가득한 것 같아요······."

"저런."

여주인이 피식 웃음을 터뜨렸다.

"하지만 남자 분들은 어쩔 수가 없죠. 일로 성공해서 이름을 날리고 싶은 욕망이 저 옛날부터 핏속에 흐르고 있는 사람들이니까요."

"그래서 일벌레가······."

"네. 가끔 여자 분들은 이해를 못하지만······. 하지만 우리 여자들도 일을 잘하는 남성에게 끌리는 경향이 있잖아요?"

그럴지도······.

아무래도 무능력자는 곤란하니까.

"일에 몰두하는 남성이 여성에게 뭘 원하는지 아세요?"

"아뇨! 모르겠어요, 가르쳐 주세요!"

나도 모르게 흥분해서 언성을 높이고 말았다. 여주인이 다시 키득키득 웃음을 터뜨렸다.

"바로······ 사랑과 치유랍니다."

에, 사랑과 치유······?

그건 오히려 제가 원하는 건데요?!

"맞아요. 여성도 남성도 마찬가지예요. 하지만 마음을 치유하는 꽃이 되는 건 여자들이 훨씬 잘 할 수 있는 분야죠."

여주인이 내 귀에 입술을 가까이 대고 가만히 속삭였다.

"언제까지나 젊음과 아름다움을 간직하면서 남성을 치유하기 위한 수고를 아끼지 않는다면 당신에게도 그 보상이 돌아온답니다. 그건……."

"그건……?"

내가 대답을 재촉하며 몸을 앞으로 기울였을 때 편집장님이 자리로 돌아왔다.

아아, 하필이면 중요한 타이밍에……!

…근데, …에엣?!

편집장님의 뒤에 나타난 사람을 보고 난 눈이 휘둥그레졌다.

뭐야, 레오?! 편집장님한테 전화를 한 게 설마 너였어?!

"근처에 있다고 해서 내가 불렀어."

"안녕! 실례 좀 할게~!"

이 방해꾼! 오랜만에 편집장님하고 데이트하는 기분이었는데!

"근데 네가 이 근처에는 왜……."

"됐어! 빈말이라도 잘 왔다고 해주면 안 되냐? 어쩌다 한번 낀 건데!"

레오는 그렇게 말하면서 뾰로통한 표정으로 내게 아랫입술을 삐죽 내밀었다.

하지만 곧 여주인을 보자 쑥스러운 듯 몸을 움츠렸다.

"앗, 아, 안녕하세요. 갑자기 끼어들어서 죄송합니다……."

"어서 오세요. 이분도 참 멋있네요. 하지만…… 심통이 좀 보이는데요?"

"엣! 무, 무슨 말씀인지……?"

"진주가루가 들어간 디저트를 좀 드실래요? 마음이 차분해질 거예요."

진주가루!

그게 식재료로도 쓰였었어?

여주인이 주방으로 들어갔다. 레오가 그 뒷모습을 찬찬히 훑어보면서 갑자기 한숨을 푹 내쉬었다.

"…엄청난 카리스마! 근데 장난 아니게 매력적인데요? 편집장님!"

"레오 이 녀석! 실례야. 하지만 확실히 훌륭한 여성이긴 해, 흠흠……."

편집장님이 어색한 표정으로 헛기침을 했다.

오 마이 갓…….

나는 너무 분한 나머지 레오에게 화풀이를 했다.

"뭐야! 언제는 영계가 좋다며?"

"아니, 그건 그거고 이건 이거지! 완전 다르지!"

"그럼. 깊이가 있고…… 성숙한 여성의 매력이 넘쳐흘러."

웬 성숙미?!

두 사람이 언제부터 그런 걸 따졌다고!

"흐음. 아무튼 재미있어……."

붉으락푸르락 하는 내 표정은 살피지도 않고 편집장님이 얘기를 시작했다.

"감귤류는 수확한 직후 적당한 온도와 습도 아래에서 보존하면 색이 짙어지고 신맛이 빠지지. 뭐든지 신선한 게 좋은 건 아니야."

"하아……?"

"와인도 그렇고, 고기도 숙성이 필요해. 사람도 의외로 그런 존재일지도 몰라."

"편집장님 말씀이 지당하십니다!"

디저트를 가지고 나온 여주인이 보름달처럼 환한 미소를 띠며 말했다.

"하지만 적절한 관리가 중요하죠."

자연스레 이야기에 끼어드는 모습이 매우 노련미 있다.

"감귤류도 딴 채로 방치하면 썩어버려요. 와인이나 고기도 관리를 소홀히 했다간 못 쓰게 돼버리죠. 그럴 바엔 차라리 신선한 게 나을 거예요……."

설령 그게 깊이가 없는 맛이라 하더라도.

여주인이 그렇게 말하면서 우아한 몸짓으로 차를 따랐다. 유향(乳香)을 연상시키는 품질 좋은 우롱차의 달콤한 향기…….

"이 차도 마찬가지예요. 말할 수 없이 깊은 맛과 향기를 우려내기 위해서는 적절하게 관리를 하면서 세월을 보내야 하거든요."

"먹는다는 행위에 있어 그 대목이 중요한 거군요."

"네. 하지만 어렵게 생각할 필요는 없어요. 계절에 따라 맛있게, 즐겁게……."

"그게 제일 중요하죠."

"흐음. 그래도 그 진수를 체험해 보고 싶은데."

팔짱을 낀 채 생각에 잠겼던 편집장님이 고개를 들었다.

"사장님. 약선의 본고장은 어디인가요? 꼭 한번 취재해 보고 싶군요."

여주인이 요염한 눈빛을 띠며 말했다.

"약선은 중국 오천 년의 역사 속에서 황제의 불로불사를 이루기 위해 연구하며 발전해 온 요리예요. 제 조상님은 대대로 황제를 모시며 식사를 관장하셨던 내의원이셨죠. 그 직계 자손에 해당하는 사촌이 홍콩에 있어요.

"좋아! 그럼 홍콩에 가자!"

대뜸 편집장님이 외쳐서 화들짝 놀라고 말았다.

"네?! 진짜예요? 편집장님!"

"그래. 홍콩이라면 세계에서도 알아주는 식도락의 도시야! 대대적으로 특집을 꾸미면 판매부수도 꽤 괜찮을 거야!"

앗. 역시 판매부수도 염두에 두고 있었구나. 그럼 그렇지…….

"우와, 편집장님! 저 완전 기대되는데요!"

"까짓 거, 해보지 뭐!"

완전 의기투합한 남자 둘.

여주인이 내 귀에 대고 속삭였다.

"혼자 꽃으로 있는 것도 보통 일이 아니겠네요."

"엣! 아니에요! 저는 꽃 같은 게……."

"아니에요. 아스카 씨가 있기 때문에 저들이 분발할 수 있는 거예요."

"그, 그럴까요……?"

별로 안 그런 것 같은데.

앗, 하지만 혹시…….

그때 내 머릿속에 떠오른 장면은 편집장님과 홍콩에서 데이트를 하고 있는 내 모습이었다.

휘황찬란하게 빛나는 백만 달러짜리 야경.

빅토리아 피크…… 아마 가게 되겠지? 얼마나 아름다울까?

"…네가 더 아름다워."

…라고 하시면……. 꺄아―!! 난 몰라!!

……하지만 그럴 일은 없겠지.

그래도…… 수, 숙박도 하는데 혹시…….

평소와 다른 일이 일어나도 이상하지 않을 거야…….

여주인이 혼자만의 상상에 얼굴을 붉히는 내게 사진을 한 장 보여줬다.

응? 이게 누구? 엄청 잘생겼잖아!

혹시 이 사람이……?

"제 사촌이에요. 그 친구에게 '식(食)'과 '색(色)'에 담긴 오묘한 철학을 배우고 오셨으면 좋겠군요."

"시, 식과 색……?"

서, 설마……!

여주인이 갑자기 목소리를 낮췄다.

맞아요. '색'이란 성애를 의미하죠.

아스카 씨라면 좀 더 여신처럼 아름다워질 수 있어요.

＊ ＊ ＊

교자, 샤오마이, 고기만두, 춘권, 달달한 찐빵, 고소한 깨를 잔뜩 묻힌 찹쌀 경단…….

홍콩은 과연 식도락의 도시!

수레에 실려 나오는 딤섬들은 일본에서 익숙히 보던 것들이었지만, 그 종류가 무궁무진해서 우린 한시도 눈을 뗄 수가 없었다.

우와! 정말 최고야! 해외 취재 나올 만하구나!

"입에 맞으세요?"

레스토랑의 주인인 왕 사장님이 우리 테이블까지 인사를 왔다.

그는 약선 레스토랑 여주인의 사촌으로 대대로 황제를 모셨던 조상들의 혈통을 잇는 약선사라고 했다.

그런데 왜 일반 레스토랑을 열었을까?

"전 딤섬사이기도 하니까요."

"딤섬사?"

"딤섬을 만들 줄 아는 기술을 가진 사람을 말한답니다."

왕 사장님이 부드럽게 미소 짓더니 우리 눈앞에서 소룡포를 만들어 보였다.

부드러운 생지를 속이 비칠 정도로 얇게 늘린 후 육즙이 촉촉하게 베어 나온 고기소를 싼 뒤 섬세한 주름을 만들어가며 오므렸다.

그 빠르고 섬세한 손놀림이라니!

나도 모르게 홀린 듯 쳐다보고 말았다.

"만들어보실래요?"

"네?! 제, 제가요?! 그래도 돼요?!"

무엇이든 경험이라고 했다. 편집장님도 늘 '좋은 경험 하고 오라'고 말씀하셨으니까, 이런 게 정말 좋은 경험이라고 할 수 있겠지!

"열심히 할게요!"

……라고 신나서 달려들었지만, 역시 어려웠다!

몇 번이고 시도했지만 엉망진창이었다.

생지와 씨름을 하고 있자니 왕 사장님이 내 손에 자기 손가락을 얹었다.

"이렇게 하는 거예요. 그런 다음 이렇게……."

그 순간 나는 나도 모르게 '아……!' 하고 소리를 지를 뻔했다.

그의 손가락에서 이상한 기운 같은 것이 흘러 들어오는 것 같았기 때문이다.

생각해 보니 약선 레스토랑의 여주인에게도 비슷한 느낌을 받았었다.

하지만 이것은 그것보다 좀 더 달콤하고 짜릿한…….

"어디 불편하세요?"

미소를 띤 채 내 얼굴을 응시하는, 조용하게 빛나는 눈동자.

"아, 아니에요……."

나는 허둥지둥 고개를 숙였다. 그의 시선이 묘하게 섹시하게 느껴져서 쳐다보기가 힘들었다.

혹시 단둘이 있었다면 유혹하는 걸로 오해할 것 같은 시선.

그런 눈빛으로 쳐다보니까 괜히 당황하게 되잖아…….

그때 편집장님과 레오가 '저도 해보고 싶은데요', '저도!' 하고 말하며 생지에 손을 뻗었다.

"네. 해보세요."

왕 사장님이 내게서 떨어지더니 편집장님과 레오를 가르치기 시작했다.

그 모습도 역시 우아했고, 어딘가 섹시함마저 뿜어내고 있었다.

아아. 나한테만 그러는 게 아니구나.

나는 왠지 마음이 놓여서 고개를 들었다.

도쿄의 여주인에게서 '식(食)'과 '색(色)'을 배우고 오라는 말을 들어서인지 이상하게 자꾸 의식하게 됐다.

눈앞에서는 키가 훤칠한 장정 둘이 어깨를 맞대고 열심히 손가락을 움직이고 있었다.

이게 그렇게 열을 올릴 일인가?

하여간 못 말려.

생각 탓인지 편집장님도 레오도 왕 사장님에게 잘 보이려고 애쓰는 것처럼 보였다.

왕 사장님이 주방으로 돌아가자 편집장님이 감탄스러운 듯 중얼거렸다.

"살가운 태도며, 약선 레스토랑의 여주인과 많이 닮았어."

"그리고 장난 아니게 섹시한데요? 남자인 저도 넘어갈 뻔했어요."

"뭐야. 남자도 가능한 거야, 넌?"

"에엣?! 아니, 뭐 꼭 그런 건 아니지만……. 편집장님은 어떠세요?"

뭐지, 이 대화는?

귀가 쫑긋해지려는 찰나, 편집장님의 너털웃음으로 대화가 마무리됐다. 아쉽게도.

하지만 부러웠다.

레오는 그렇다 치고, 목석같은 편집장님마저 뺨을 붉힐 정도의 섹시함이라니.

나는 또 다시 여주인이 내 귓가에 은밀히 속삭였던 말을 떠올렸다.

「그 친구에게 '식(食)'과 '색(色)'에 담긴 오묘한 철학을 배우고 오셨으면 좋겠군요.」

그게 무슨 의미일까?

묘하게 거슬리지만 어쩐지 위험한 냄새가 나.

본능이라고 해야 할까, 등줄기가 가늘게 떨렸다.

……너무 깊이 생각하지 말자.

모처럼 편집장님하고 홍콩에 왔잖아. 가보고 싶은 곳이 얼마나 많은데!

"편집장님. 당조(糖朝)라는 레스토랑 어떠세요? 홍콩의 디저트는 거기가 최고라는데……."

"그래? 그럼 아스카 네가 그곳을 맡아. 나는 코즈웨이베이에 있는 완탕면 가게를 가볼 테니까."

에—!! 각자 흩어지는 거야?

해외인데?!

나도 모르게 레오와 눈을 맞췄다. 그럼 재미없잖아!

게다가…… 영어 잘 못한단 말이야!

"그, 그럼 전 아스카랑 같이……."

편집장님이 눈을 부라리며 팔짱을 꼈다.

"무슨! 레오 넌 다른 가게에 취재 가야지. 우리가 놀러 온 건 줄 알아? 단기간에 효율을 높여야 한다고."

"예……."

아—아, 역시나.

일에 열중하는 모습은 멋있지만 요즘은 지나치게 여유가 없는 것 같이 느껴져요.

그렇게 일만 하면 외롭지 않나요, 편집장님……?

가게 앞에서 두 사람과 헤어진 나는 멍하니 홍콩 거리를 바라봤다.

저 같은 건 안중에도 없죠……?

"알고 있지만……."

편집장님에게 난 부하직원 이상도 이하도 아니다.

잘 알고 있다.

하지만 그래도 슬퍼진다.

이렇게 항상 곁에 붙어서 생활하는데 조금도 여자로 봐주지 않다니.

"…난 편집장님의 취향이 아닌 건가."

눈앞에서는 이층짜리 트램이 분주하게 오가고 있었다.

편집장님하고 같이 타보고 싶었는데…….

문득 난 결심을 굳히고 발걸음을 빙글 돌렸다.

그리도 다시 가게 안으로 들어갔다.

"아스카 씨? 왜 다시 들어오세요?"

다시 돌아온 나에게 왕 사장님이 미소를 보였다.

편집장님이 얼굴을 붉힐 만큼 요염한 눈매. 만지고 싶어질 만큼 반들반들 윤기 나는 피부.

"가르쳐 주세요! 왕 사장님……."

나도 당신처럼 되고 싶어요.

"대체 '식(食)'과 '색(色)'에 담긴 오묘한 철학이 뭐죠?"

왕 사장님이 다정한 눈빛으로 날 물끄러미 바라봤다.

"당신은 벌써 알고 있어요."

"네?"

"무척 행복한 마음으로 음식을 먹잖아요. 표정만 봐도 알수 있어요. 게다가 이렇게 사랑스러운 분이니 남성이 가만 놔두지 않는 거겠죠."

"…그럴 리가요."

"아뇨. 당신은 많은 사랑을 알고 있어요. 그렇지 않나요?"

왕 사장님은 마치 모든 것을 꿰뚫어보는 것 같았다. 나와는 오늘 처음 보는 사이임에도, 마치 오래전부터 나를 곁에서 지켜본 사람인 듯…….

나는 생각에 잠겼다.

"하지만 언제나 짧은 사랑이었어요. 제가 너무 쉽게 사랑에 빠지는 걸까요?"

"쉽게 사랑에 빠지는 건 좋은 거예요. 감수성이 풍부하다는 증거죠."

"하지만… 사실은……."

우물쭈물하며 옷깃을 만지작거리는 나에게 왕 사장님이 다시 미소를 보였다.

"마음속에 숨겨둔 분이 계시군요?"

움찔, 놀랐지만 가만히 올려다보기만 했다.

왠지 이 사람은 전부 알고 있는 것 같다. 숨길 필요도 없고.

난 고개를 저었다.

"이대로는 싫어요. 그렇다고 해서 확실히 밝히는 것도 좀……."

……상사니까.

하지만 부하 이상으로 생각해 주지 않는 게 속상하기도 하고…….

왕 사장님이 내 손을 잡았다.

"자. 어두운 얼굴은 하지 말고 웃어요. 방울처럼 말해야 복이 온답니다."

"방울처럼……?"

"방울에 파인 홈처럼 입꼬리를 올려야 한다고요. 홍콩에서 사용하는 표현이지요."

왕 사장님의 손가락이 가만히 내 입술을 어루만지자 나는 어깨를 흠칫 떨었다.

"사랑스러운 사람. 당신의 마음을 어지럽히는 둔한 남자가 누구죠?"

왕 사장님이 가게 안쪽으로 날 이끌었다.

"이쪽으로 오세요. 사랑스러운 아가씨. 원하는 걸 가르쳐 드리죠."

눈부실 정도의 아름다움을 손에 넣는 비법을.

＊　　　＊　　　＊

　중후한 문이 열리자 주홍색 주단이 깔린 어두컴컴한 복도
가 이어졌다.
　마치 식민지 시대의 한 장면 같은 낡은 건물…….
　"무서운가요?"
　"…아뇨."
　나는 발걸음을 내디뎠다.
　발바닥이 주단의 폭신폭신한 털 속으로 파묻혔다.
　왕 사장님이 아무렇지 않은 듯 내 허리에 손을 두르자 아
랫배에 열꽃이 피는 것 같았다.

　당신을 행복하게 해주고 싶어요.
　이 마음과 몸을 다 바쳐서.

　"아름다워요. 아스카 씨…….""
　왕 사장님의 손가락이 다정하게 내 몸을 쓰다듬었다.
　손끝이 피부에 닿을 듯 말듯 아주 조심스럽고 부드러웠다.
　등줄기를 따라 천천히 아래에서 위로……
　그리고 위에서 아래로…….
　"아… 하…….""
　귓불을 어루만지던 손끝이 어깨로 미끄러져 내렸다.
　팔꿈치에서 겨드랑이 안쪽까지 타고 들어온 손가락이 가

슴에 닿았다.

하지만 둥근 실루엣을 확인한 후, 손가락은 다시 천천히 배꼽 쪽으로 내려갔다…….

"으응, 하아…… 하아…….."

왕 사장님의 손가락이 무릎으로 뻗어 나갔다. 허벅지 안쪽을 타고 들어온 손끝이 무성한 수풀을 부드럽게 쓰다듬었다.

"아! 와, 왕 사장님……!"

나는 그의 머리칼을 붙들었다.

이렇게 부드러운 느낌은 처음이었다.

애를 태우듯 천천히, 하지만 온몸 구석구석을 꼼꼼하게 애무하는 손길에 미쳐 버릴 정도로 강렬한 쾌감이 전신을 휘감았다.

이러다가 온몸이 녹아버릴 것 같았다…….

왕 사장님이 내 귓가에 속삭였다.

"아스카 씨……. 사랑해요."

"그런……!"

사랑이라는 게 그렇게 간단히 입에 담아도 되는 단어인가……?

"사랑해요…….."

왕 사장님이 내 뺨에 입을 맞췄다. 그리고 눈꺼풀에, 관자놀이에, 이마에…….

그리고 귓가에 뜨거운 숨결을 내뿜었다…….

"아핫……!"

"아스카 씨……."

"자, 잠깐만요……. 잠깐만요……!"

갑자기 무서워진 나는 왕 사장님의 어깨를 밀쳤다.

이러면 착각하잖아……. 진짜로 사랑받고 있다고 착각하게 돼버리잖아…….

"술기운을 조금 빌리는 게 좋을 것 같군요……."

그는 침대 밑에서 술병을 꺼내더니 자기 입에 한 모금 머금은 채 내 입술로 다가왔다.

"으응……!"

내 입 속으로 따뜻한 샤오싱주(중국 저장 샤오싱 지방에서 생산되는 양조주로서 중국 8대 명주 중 하나:역자 주)가 흘러 들어왔다…….

"먹는 것도 마시는 것도 체온보다 높은 게 좋아요. 혈행이 좋아져서 마음도 편안해지니까."

그리고…….

왕 사장님이 다정하게 말을 이으면서 가만히 날 껴안았다.

"신체 접촉도 마음을 편하게 풀어줄 수 있어요. 다만…… 사랑이 있어야 하겠지만."

"사랑이……."

"네. 여성일 경우엔 특히 더."

왕 사장님의 손이 내 머리칼을 사랑스러운 듯 몇 번이고 쓰다듬더니, 목덜미에서 등줄기의 움푹 파인 홈을 따라 미끄러져 내려갔다.

"아, 아아……! 사장님……!"

"자. 나한테 좀 더 몸을 맡겨요. 안심하세요. 결합은 하지 않을 테니."

그래. 그는 날 침대에 끌어들일 때도 그렇게 말했다.

결합은 하지 않는다. 이것은 성감을 높이고 세포를 활성화시키는 마사지일 뿐이라고.

"아스카 씨의 피부에서는 무척 좋은 향기가 나요. 어떤 남자도 사로잡히고 말 거예요."

"저, 전혀 그렇지 않아요……."

"그렇다고 사랑이 없는 남자에게 몸을 맡기면 안 돼요. 정기를 뺏겨서 쇠약해지니까. 하지만, 진정한 사랑을 받으면 온몸의 세포가 환희에 들뜨게 되죠. 자…… 눈을 감고 사랑받고 있는 순간을 느껴봐요……."

왕 사장님은 다시 한 번 입맞춤으로 내게 술을 먹였다. 그리고 마치 깨지기 쉬운 도자기에 입술을 미끄러뜨리듯 내 목덜미에 키스를 했다.

"하, 하지만 지금은……."

나는 거친 숨을 몰아쉬면서 중얼거렸다. 하지만, 지금은, 그냥 마사지잖아요……?

"아뇨. 전 지금 당신을 안고 있는 겁니다."

아……!

왕 사장님의 달콤한 속삭임에 심장이 두방망이질 쳤다.

왕 사장님의 혀끝이 가슴을 간질이듯 희롱했다. 손끝이 무롤을 부드럽게 애무하자 유두가 바짝 곤두섰다.

"아…… 왕 사장님……! 아…… 아아……!"

나는 멋대로 벌어지는 다리를 오므리기 위해 필사적으로 애썼다. 그곳은 분명 벌써 축축하게 젖은 채로 입을 크게 벌리고 그의 것을 원하고 있겠지…….

하지만, 왕 사장님이 부드러운 목소리로 내 귓가에 속삭였다.

"결합만이 생명을 위한 행위인 건 아니에요. 살을 맞대는 것. 천천히 음미하는 것. 편안하다고 느끼는 모든 것이 생명력을 움트게 하죠."

그것을 깨닫게 하기 위해서인지 그는 유두도, 검은 수풀이나 엉덩이도 피한 채 다정한 애무를 반복했다.

하지만…… 이, 이러면…….

"아, 저기, 왕 사장님…… 저……."

"돌아봐요……. 등에 입 맞추게 해주세요."

왕 사장님은 천천히 내 속살을 음미했다.

"아름다워요. 주름 하나 없다니……."

인사치레일지도 몰라.

그렇게 생각했지만 그래도 가슴은 달콤하게 물들었다.

술을 마셔서인지 몸이 자꾸만 두둥실 떠오르는 것 같았다.

너무 달콤하다고 멋쩍어하면서도 요람 위에서 흔들리는 것처럼 마음은 둥실둥실…….

왕 사장님은 내 등줄기를 따라 뜨거운 숨결을 내뿜다가,

살갗을 빨아들이듯 강하게 키스를 퍼부었다.

그럴 때마다 나는 손가락을 깨물며 쾌감을 이겨내려 애썼다.

"아, 아……! 거기는…… 제발……!"

"그럼 여기는……?"

왕 사장님의 손가락이 드디어 엉덩이에 닿자 등줄기를 타고 전율이 쫙 끼쳤다.

"아아……! 기분…… 좋아요……."

"귀여운 목소리군요. 복숭아 같은 엉덩이……. 조금 깨물어볼까."

왕 사장님이 동그랗게 부푼 살집을 깨문 순간, 나는 새된 비명을 내질렀다.

"아악! 안 돼요! 아, 아…… 아아악……!"

왕 사장님이 엉덩이를 가볍게 깨물어댈 때마다 나는 몸을 뒤틀어댔다.

희미한 고통이 예리한 쾌감으로 변해 온몸을 휘감았다.

"와, 왕 사장님……! 아핫……!"

"쉿……. 가만히……."

왕 사장님이 부드럽게 속삭였다. 감정이 격앙된 나머지 몸부림치는 나를 달래듯 부드럽게 쓰다듬었다.

"아아…… 이제…… 이제……."

나는 애가 달아 베개를 꽉 껴안았다.

그곳은 이미 수치스러울 정도로 흠뻑 젖어버렸다. 안 그러려고 해도 눈이 자꾸 그의 사타구니 쪽으로 향했다.

아아, 시트 때문에 안 보여.

확인하고 싶은데.

그의 것도 섰는지 아닌지……

"결합은 안 한다니까요?"

내 시선을 읽은 왕 사장님이 그렇게 말했다. 그 목소리는 달콤했지만, 어딘가 장난기가 짙게 묻어났다.

"부, 부탁이에요…… 사장님……."

"왜? 난 아직 당신의 꽃잎에 키스도 하지 않았는데. 자, 펼쳐서 보여줘요……."

왕 사장님은 마치 주문을 읊조리듯 낮은 목소리로 명령했다.

난 그 명령을 거스르지 못하고 누운 채로 다리를 들어 올렸다.

"좀 더 크게……. 손으로 무릎 안쪽을 받치고……. 그래, 그렇게……. 그리고 가슴 쪽으로 밀착시켜요……. 섹시해. 새빨갛게 핀 작약 꽃봉오리 같군요."

나는 부끄러운 나머지 고개를 옆으로 돌렸다. 왕 사장님이 손가락으로 투명한 꿀을 찍었다.

"힉……!"

"그럼…… 잘 먹을게요. 당신의 엑기스……."

왕 사장님이 손가락으로 꽃잎을 젖히더니 좌우로 벌렸다. 그리고 코끝이 천천히 다가왔다.

"아아아아윽……!"

왕 사장님이 가볍게 입을 맞추자 그곳에서 찰팍, 하는 촉촉한 소리가 울려 퍼졌다. 그리고 왕 사장님은 마치 입술에 키스를 하듯 그곳으로 천천히 혀를 밀어 넣었다.

"흐아아악! 안 돼……! 아아, 안 돼요……!"

뚝뚝 떨어지는 과즙을 빨아마시듯 왕 사장님이 츄으읍, 하는 소리와 함께 내 은밀한 그곳을 강하게 빨아들였다. 그리고 더더욱 깊은 곳으로 혀를 밀어 넣자 나는 몸을 꼬며 신음했다.

무릎 안쪽에서 떨어지려는 손을 그가 꽉 붙들었다.

"이런……. 흥분해 버렸나요? 난 그저 당신을 맛보고 있을 뿐인데."

"싫어……! 그, 그만…… 부끄러우니까, 제발!"

"왜요? 내가 싫어요?"

"아, 아니, 그게 아니라……! 아, 아아…… 아……!"

"훌륭한 맛과 향기예요 아스카 씨. 아아, 벌써 엑기스를 전부 핥아버렸네……."

왕 사장님의 엄지손가락이 수풀 사이를 뚫고 들어왔다. 그 순간 머리를 내민 꽃봉오리를 그의 혓바닥이 휘감았다.

"아아아아악……!!"

피리처럼 말린 혀끝이 돌기를 빙글빙글 핥기 시작했다.

"…다리가 파르르 떨리네요. 이것 봐요, 드디어 엑기스가 나오기 시작해요……."

"싫어! 아, 흐아아……! 아, 아아악!!"

왕 사장님은 내 은밀한 곳을 휘젓듯 강하게 체액을 빨아들였다. 깊게 파인 꽃주름의 구석구석까지 핥아 올렸다.

그리고 은밀한 샘물이 마르면 다시 작은 돌기를 뒤흔들며 나를 몸부림치게 만들었다…….

"이, 이제 그만……! 아아아! 거, 거긴… 정말…… 아아아 아아!!"

반복되는 고문에 괴로울 정도로 몸이 뜨겁게 달아올랐다.

이제 몸의 윤곽마저 알 수가 없었다.

산산조각이 나서 공중에 흩어져 버린 것 같은 느낌이었다.

땀에 흠뻑 젖은 채로 몽롱한 의식 속에서 왕 사장님의 목소리만이 울려 퍼졌다.

"이게 불로장생을 가져오는 남녀의 음양의 교환이랍니다. 아직 시작에 불과하지만……. 결합만이 생명을 위한 행위인 건 아니에요. 살을 맞대는 것. 천천히 음미하는 것. 편안하다고 느끼는 모든 것이 생명력을 움트게 하죠."

따뜻하게 데워진 오일이 허리로 툭 떨어졌다.

그리고 등에도 주르륵…….

왕 사장님이 내 엉덩이에 가볍게 손을 얹더니, 오일로 무두질을 하듯 아래에서 위로 등을 어루만지기 시작했다.

"으응…… 아…… 아아……."

손바닥과 손가락으로 정성스레 오일을 펴 발랐다.

몸의 측면도 꼼꼼히 챙기고, 어깨와 목, 겨드랑이랑 팔뚝도 놓치지 않았다……

그 움직임은 무척 부드러웠고 어느 하나 난잡한 동작은 없었는데도, 난 몸을 꼬며 신음했다.

"아아……! 이…… 이상해요…… 왕 사장님……. 이상하게 몸이 자꾸……."

격렬한 애무가 끝난 후에도 삽입하지 않는 남자는 처음이었다.

왕 사장님의 혀끝에 있는 대로 농락당한 나는 허리를 한껏 들썩이며 절정을 맛봤다. 그리고는 그대로 본능에 몸을 맡긴 채 다리를 벌렸다.

"이런……. 부끄럽게……."

왕 사장님이 놀리듯 내 꽃잎을 간질였다. 마치 소룡포의 얇은 생지를 집듯 섬세한 손놀림이었다.

"아아앗……! 으응, 하아……!"

"후후……. 결합은 안 한다니까요?"

아아. 그렇게 말하니까 왠지 더 원하게 돼버리잖아…….

제발 부탁이에요…….

애처로운 표정으로 바라보는 나에게 왕 사장님은 달콤한 미소를 보였다.

"솔직하고 귀여운 아가씨군요. 교태를 부려서 남자의 마음을 뒤흔들 줄도 알고……."

"그…… 그런 뜻은…… 아니고……."

왕 사장님의 가운뎃손가락이 갑자기 내 은밀한 계곡을 파고들자 숨이 멎는 것 같았다.

아……! 좀 더…….

좀 더 깊은 곳까지…… 넣어줘요…….

"허리가 움직이고 있어요. 봐요…… 촉촉한 꿀이 여기까지……."

왕 사장님이 가운뎃손가락으로 내 은밀한 그곳을 쿡쿡 찌르며 위쪽 벽을 자극하자 애가 탄 나는 몸을 배배 꼬며 발버둥 쳤다.

아……! 좀 더 안쪽으로…….

좀 더, 좀 더 깊이…….

당신의 남성이 아니면 닿을 수 없는 곳까지 넣어줘요…….

성교를 연상시키는 손가락의 움직임을 따라 내 은밀한 곳이 점점 커다랗게 입을 벌렸다.

하지만 왕 사장님은 자신의 남성을 넣는 대신, 내 뺨에 가만히 입술을 갖다 댔다.

"좀 더 사랑하게 해주세요. 당신을……."

귓가를 간질이는 뜨거운 숨결에 솜털이 낱낱이 곤두서는 것 같았다.

왕 사장님은 가운뎃손가락으로 천천히 내 아랫도리를 헤집으면서 입술로 내 뺨과 눈꺼풀에 키스를 퍼부었다. 꿈을 꾸듯 행복한 기분이 뭉게뭉게 솟아났다.

마치 기분 좋은 음악이 연주되고 있는 것 같았다…….

"사랑해요……."

아아, 또……. 이제 막 만났으면서.

어떻게 간단하게 그런 말을 입에 담지……?

"…누구에게든 그렇게 말하죠?"

비꼬는 것 같은 내 말투에 왕 사장님은 '귀여운 아가씨군요' 하고 미소 지으면서 입술로 내 입술 끝자락을 간질였다.

자꾸 귀엽다는 말을 반복하는 것이 너무 쑥스러웠다.

하지만 거짓말이 아닌 것 같은 목소리.

귓가에 쏟아지는 달콤한 고백이 고막을 타고 들어와 마음속에 흠뻑 녹아내렸다.

"사랑해요……."

"…자꾸 그럼 믿어버리잖아요."

"왜 안 믿죠? 이렇게 살을 맞대고 있는데."

하지만…… 그렇지만…….

나는 가만히 그의 머리칼을 쓰다듬었다. 왕 사장님이 윗입술을 간질이자 애달픈 마음으로 그의 입술을 받아 삼켰다.

"…사장님은, 누구한테든 이렇게 해주는 거죠?"

대대로 황제를 모시며 '식(食)'과 '색(色)'의 비법을 관장해 온 집안.

그 비법에 흥미를 가진 사람이 있으면 누구에게든 가르쳐주는 거죠?

이런 식으로…….

"아니요. 그렇지 않아요……."

왕 사장님의 손이 가만히 내 가슴을 감싸 쥐자 저절로 신음이 새나왔다.

아…… 아아…… 하…….

"확실히 전 식(食)과 색(色)으로 사람들을 행복하게 해줄 사명을 띠고 태어난 남자예요……. 하지만 원한다고 누구에게든 이렇게 해주진 않죠. 좋아하는 사람에게만……."

몇 번째인지 셀 수도 없는 애무.

왕 사장님의 손가락이 나선을 그리듯 쉬지 않고 가슴의 실루엣을 어루만지자 이젠 녹아버릴 것 같았다.

손가락으로는 달콤하게 아랫도리를 헤집으면서 다른 한 손으로는 천천히 가슴을 쓰다듬었다.

"…당신이 사랑스러워요."

입술로 귓불을 가볍게 깨물며 다정한 목소리로 사랑을 속삭였다.

"그래도…… 만난 지 얼마 되지도 않았는데."

"…아스카 씨는 내가 싫은가요?"

나는 다시 그의 눈을 바라봤다.

"…아뇨."

싫다면 이런 일을 하지 않겠죠.

내 마음을 읽었는지 왕 사장님이 가만히 고개를 끄덕였다.

"그렇죠? 잠깐 동안의 불장난이라도 사람은 본능적으로 알 수 있어요. 그 사람과 사랑을 나누고 있는 건지 아닌지. 특히 여성은……."

그리고 왕 사장님은 나를 침대에 엎드려 눕게 했다.

"여성은 사랑을 받아들이는 입장이라 더욱 사랑에 민감하답니다."

등줄기에 퍼지는 오일.

내 모든 것을 아끼는 것 같은 손놀림…….

"아…… 아……! 어째서……? 너무…… 좋아요……."

"그건…… 당신이 내 마음을 열었으니까……. 그리고 내가 진심으로 당신에게 쾌락을 주고 싶다고 바라고 있으니까……."

왕 사장님의 손가락 끝이 허리께를 간질이자 나는 몸을 흠칫했다.

왕 사장님은 목표물을 찾았다는 듯 약간은 짓궂게 그곳을 애무하며 날 몸부림치게 만들었다.

하지만 이내 그는 다시 새로운 감각을 찾아 헤매기 시작했다.

왕 사장님이 내 발바닥에 오일을 떨어뜨리자 나는 예상치 못한 감각에 깜짝 놀랐다.

간지럽기도 하고 오싹하기도 했다.

그리고 그가 다시 오일을 주르륵 엉덩이 쪽까지 이어서 떨어뜨렸다…….

"아…… 하앗……! 하아아……!"

다리를 타고 흘러내리는 오일이 그것만으로도 달콤한 애무가 되어 온몸의 털이 곤두설 정도의 쾌락을 가져왔다.

"아름다워요……. 하얀 피부가 반들반들 빛나고 있어…….

여기 또한……."

왕 사장님이 내 엉덩이 사이로 오일을 주르륵 떨어뜨렸다.

"아아항……!"

나도 모르게 고양이 같은 신음소리가 터져 나왔다.

따뜻한 오일이 엉덩이 골을 타고 젖은 계곡까지 흘러내렸다.

"아아아……! 하아, 아아아……!"

이제 꼼짝도 할 수가 없어…….

왕 사장님은 숨을 몰아쉬며 침대에 널브러진 날 그냥 내버려 두지 않았다.

뒷다리에서 종아리, 그리고 무릎 안쪽……. 근육의 긴장을 풀어헤치듯 부드러운 마사지…….

"아……! 기분 좋아요……."

나는 눈을 감고 그의 손가락을 음미했다.

행복해……. 지금 너무 행복해…….

"다리가 참 예쁘군요. 발목이…… 부러질까 무서울 정도로 가늘고……."

손가락 끝으로 스며드는 사랑.

나를 정말 아끼고 있어. 지금 날 너무너무…….

왕 사장님이 내 발가락 사이로 손가락을 끼웠는데 그것도 굉장히 관능적이었다.

그리고는 내 발목을 잡고 가만히 좌우로 벌렸다.

"…아름다운 꽃이 피어 있군요. 저에게 주는 상이겠지요?"

아아! 보이나 봐…… 다리 사이로…….

부끄러워…….

점점 달아오르는 그곳은 분명 새빨갛게 부풀어 있겠지.

하지만 그를 원하는걸. 이렇게 아껴주는 그를 받아들이고 싶어서 꽃잎이 벌어지고 있는 거야.

"더…… 자세히 보여줘요……."

나지막한 목소리.

냉정을 가장하고 있지만 알 수 있었다.

날 원하고 있어. 무척이나.

그걸 참고 있어…….

사실은 나를 안고 싶은 마음을 겨우 참고 있어…….

난 침대에 손을 얹고 다리에 힘을 줘서 허리를 들어 올렸다.

보여 드릴게요. 아니…… 봐요.

봐줘요, 내 그곳…….

내가 정말 좋아요……?

왕 사장님이 꿀꺽, 하고 마른 침을 삼키는 소리가 들려왔다.

"남자란 불쌍한 동물이에요. 마음과 몸이 동떨어져 있으니까요……."

왕 사장님이 왠지 괴로운 듯 중얼거렸다.

그리고 난처한 듯 내게 미소를 지으면서 이렇게 말했다.

"정말 불쌍한 동물이죠. 마음으로 여성을 사랑하자고 생각하면 생각할수록 참을 게 많아지니까……."

역시… 그래요……?

얼마나 참고 있는데요……?

나는 눈으로 그의 욕망을 확인했다.

아……! 불끈 서 있어! 굉장해!

매끈한 아랫배에 그것만이 다른 생명체처럼 진한 핑크색 욕망을 담은 채로…….

그 모습을 보자 나도 문득 아랫도리가 뻐근해졌다.

하지만 그는 입술을 꽉 깨물고 숨을 가다듬더니 다시 평온한 기색으로 애무를 계속했다.

엉덩이, 그리고 사타구니…….

일렁이는 쾌락과 괴로운 초조함이 온몸을 휘감았다.

"제발…… 넣어주세요……."

이제, 정말 넣어주세요.

나…… 이제 안 되겠어요…….

"…삽입만이 섹스의 전부는 아니에요."

"알아요! 하지만……."

당신을 원한단 말이에요…….

나는 너무 괴로운 나머지 베개에 얼굴을 비볐다. 왕 사장님, 날 사랑한다면…… 부탁이에요…….

"그럼…… 돌아봐요."

드디어 안아주는구나.

그렇게 생각했다.

하지만…….

내가 위로 돌아눕자 왕 사장님은 오일을 사타구니에서 가슴 쪽으로 뚝뚝 떨어뜨리기 시작했다.

"아……! 아…… 저기…… 사장님…… 전……."

"가만히 있어요……."

왕 사장님이 두 손을 내 아랫배에 살며시 갖다 댔다.

그리고 피부와 손 사이에 실크가 한 겹 끼워진 것처럼 미묘한 거리를 두고 서혜부와 옆구리를 어루만지기 시작했다.

"아아아……! 제발…… 애는 그만 태우고……!"

오싹함을 넘어 저릿저릿하게 마비되는 것 같은 느낌이 가차 없이 온몸을 휘감았다.

왕 사장님은 두 손으로 내 가슴을 감싸 쥐었다. 그리고 엄지손가락으로 유두를 가볍게 간질였다.

"아아아아……! 으…… 하윽……!"

마치 아래쪽의 꽃봉오리를 자극할 때와 마찬가지의 충격이었다.

꼿꼿하게 일어선 유두에서 예리한 쾌감이 물결치며 가슴 전체로 퍼져 나갔다.

그리고 왠지 전혀 손이 닿고 있지 않은 아랫도리마저 아릿해지는 느낌이었다.

"아아……! 제발……! 부탁이에요…… 제발……!"

난 더 이상 참을 수가 없어서 내 손으로 아랫도리를 비비기 시작했다.

그렇게라도 하지 않으면 미쳐 버릴 것 같았다. 이 갈증을 어떻게든 해소하지 않으면 나 정말…….

하지만 왕 사장님은 그 손을 제지하면서 내 다리를 크게 벌렸다.

"아……! 아학……!"

공기에 닿는 것마저 자극이 됐다. 머리칼을 흐트리며 몸부림치는 나를 보며 그는 탄식했다.

"아름다워요! 활짝 열려 있어……. 새빨갛게 부푼 것이 한 떨기 꽃 같아……. 한번 볼래요?"

왕 사장님이 놋쇠로 만들어진 고풍스러운 손거울을 가지고 오더니 내 그곳을 비춰 보여줬다.

그걸 본 순간, 난 수치심으로 고개를 들 수가 없었다.

뭐야, 왜 저렇게 젖혀진 거야…….

붉은 살점이 꿈틀거리는 것은 그를 원하고 있기 때문.

이제 정말 안 돼……. 더 이상은 참을 수 없어…….

나는 욕정에 달뜬 은밀한 그곳을 한껏 내보이며 위로 치켜 올렸다.

부탁이에요, 이제 그만…….

부풀어 오른 당신의 분신을 이곳으로 넣어줘요…….

"기다려요. 중국에서는……."

"싫어……! 이제… 해줘요……! 제발 해줘요……!"

꼴사납지만 나는 애원할 수밖에 없었다. 머릿속은 온통 단단하고 두꺼운 기둥으로 휘저어지는 그 뜨거운 느낌으로 가득했다.

수많은 짧은 사랑이 주마등처럼 머릿속을 스쳐 지나갔다. 언제나 난 유혹을 이겨내지 못했다.

그들이 나를 덮치고, 내 허리를 붙들고, 제일 깊은 곳으로 파고들기를 원했다.

몇 번이고 몇 번이고, 뱃속도 마음도 격렬하게 휘저으며 그 순간만은 나를 당신만의 것으로 만들기를 ……!

"화끈한 아가씨로군요……. 알았어요. 그럼 성기를 접촉해 봅시다."

왕 사장님이 내 그곳에 자신의 분신을 갖다 댔다. 흐르는 샘물을 사이에 두고 점막과 점막이 맞닿았다.

그 감촉에 몸을 떨면서 나는 기대했다. 빨리 넣어줘요……!

하지만 그 끝은 내 안으로 파고들지 않았다. 마치 벼루로 먹을 가는 것처럼 내 계곡을 따라 천천히 위아래로 왕복하는 것이었다.

"아……! 아학……!"

단단한 기둥 끝이 꽃주름 사이로 내 꽃봉오리를 자극하자 누군가 내 정수리를 후려갈기는 듯 눈앞이 아찔해졌다.

"움직이지 말아요……. 아아, 정말 기분 좋군요……."

왕 사장님이 달콤한 탄식을 내뱉었다.

"느껴져요? 제 남성이 당신의 엑기스를 빨아들이면서 좋아하는 게……."

"아아응……! 아…… 아아……!"

왕 사장님은 기둥 끝으로 한껏 내 꽃잎을 들쑤시더니 이번에는 기둥의 벽면을 내 은밀한 계곡 사이로 꽉 밀착시켰다.

"으응…… 아하……!"

뜨거워……!

당신의 그것…… 너무 뜨거워요……!

점막과 점막이 서로를 갈구하듯 달라붙었다.

왕 사장님이 오일로 범벅이 된 날 껴안자 온몸이 꽉 맞닿았다.

"아스카 씨. 사랑해요……."

저도요…… 왕 사장님…….

팔도 다리도 그에게 엮인 채, 나는 깊은 숨을 내쉬었다. 이상하게도 눈물이 나왔다.

아아, 너무 행복해…….

영원히 이대로 있었으면…….

입술로 입술을, 살갗으로 살갗을,

음부로 음부를 맛보며 하나로 녹아버린 것 같은 이 순간.

왕 사장님이 속삭였다.

"성교는 기의 교환이라고도 할 수 있어요. 세포가 좋아하는 게 느껴져요……?"

"네……. 느껴져요…… 너무너무…….

"여성은 사랑받고 아껴지는 존재랍니다. 당신을 진심으로 사랑하는 남자는 그러기 위해 어떤 고통도 감내할 수 있어요……."

"왕 사장님……."

"사랑하는 사람은 당신을 빼앗지 않아요. 온 마음을 다해 당신에게 입 맞추고, 그럼으로써 그 마음을 전하는 거예요."

이렇게…….

그가 희미하게 허리를 움직이자 나는 숨을 삼키며 그에게 매달렸다.

앗, 닿고 있어……!

아, 아, 들어오고 있어……!

그건 지금까지 느낀 적이 없는 삽입의 감촉이었다.

마치 따뜻하게 데워진 나이프가 버터를 녹이면서 매끄럽게 파고드는 것 같은…….

"흐…… 아아아…… 아……!"

길고 커다란 그 기둥을 안으로 받아내는 것만으로도 나는 몸부림치며 절정으로 치달았다.

"아……! 흐아아……! 왕…… 사장님…… 아아아아 앙……!"

부끄러웠지만 멋대로 입가에 침이 고였다.

입술뿐만이 아니라 온몸에서…….

온몸에 힘이 빠지고 여기저기가 이완되면서…… 구멍이란 구멍에서 체액이 비어져 나오는 것 같은 느낌…….

"아아……! 최고예요, 아스카 씨. 당신의 그곳이 나를 감싸 안듯 조여들고 있어요. 대단한 명기예요……."

몽롱한 표정으로 그렇게 말하면서, 왕 사장님은 허리를 조금도 움직이지 않고 자신의 분신으로 내 은밀한 곳을 휘저었다.

"아……! 아악……! 우, 움직이고 있어……! 사장님의 그것이……! 으…… 아아아……!"

"진정해요 아스카 씨. 자, 눈을 감고……."

저를 느껴보세요…….

지금은 저만을…….

아스카 씨…… 당신을 사랑하는 저만을.

사랑은 기의 교환.

절정으로 치닫는 것이 목적이 아니랍니다.

목적은 그저 사랑을 나누는 것.

서로를 아껴주는 것…….

"제 손목을 잡아요. 아스카 씨……."

왕 사장님은 부드러운 속삭임과는 반대로 내 무릎을 꿇리고 굴욕적인 자세를 취하게 만들더니 더욱 깊숙이 자신의 분신을 밀어 넣었다.

"아……! 흐…… 아아아…… 아……!!"

나는 너무 흥분한 나머지 세찬 비명을 내질렀다. 손목을 꽉 붙들린 탓에 꼼짝달싹도 할 수 없었다.

왕 사장님은 터질 듯 부풀어 오른 내 그곳을 천천히, 아주 천천히 음미했다.

　마치 더 이상 도망칠 수 없는 작은 동물을 희롱하듯이.

　"아아아…… 아……!"

　왜 사람은 이런 모습으로 결합하는 걸까? 왜 여기에 단단해진 그것이 들어오면 이렇게 흥분하게 되는 걸까?

　뜨거운 기둥이 내 꽃주름을 헤집으며 앞뒤로 움직였다. 격렬한 마찰에 식은땀이 배어나왔다. 찌걱찌걱, 외설스러운 소리가 울려 퍼졌다.

　왕 사장님이 내 깊은 곳으로 쿡 파고들면서 그대로 내 팔을 꽉 끌어당겼다.

　"흐아! 아아아아아……!"

　"…제 물건이 느껴지나요?"

　나는 신음하면서 고개를 끄덕였다. 꽉 닫힌 눈꺼풀 안이 새빨갛게 물들었다.

　피의 색. 불꽃의 색. 쾌락의 색……

　"아아……. 제 것이 당신의 자궁까지 닿았군요……."

　"아…… 아아악……!"

　"후후. 지금 제가 정을 내보내면 아이가 생길지도 몰라요. 우리의 아이가……."

　"아앗……! 그, 그건……!"

　"그럼 저하고 같이 살래요? 아스카 씨. 홍콩에서 저와 같이……."

식(食)과 색(色)의 깊은 의미를 탐구해 볼래요?

무척이나 조용한 목소리였다.

또 진심이라고 착각해 버릴 정도로⋯⋯.

아니면⋯⋯.

왕 사장님은 지금 진심으로 얘기하는 걸까?

설마. 하지만⋯⋯.

더욱더 깊은 곳으로 손을 뻗치려는 듯 왕 사장님은 여전히 날 꽉 붙든 채 달콤한 리듬으로 허리를 흔들고 있었다.

내 육체뿐만 아니라 마음까지 원하는 것 같았다. 지금뿐만 아니라 미래까지 원하는 것 같았다.

"와⋯⋯ 왕 사장님⋯⋯! 아핫⋯⋯ 저⋯⋯ 저는⋯⋯."

당신과 있으면 마음까지 흔들려요.

왕 사장님과 함께 했던 순간은 더 없이 충만한 시간이었고, 이 이상의 사람을 만날 수 없을 것 같았다.

하지만⋯⋯.

"저⋯⋯ 저는⋯⋯."

문득 편집장님의 모습이 뇌리를 스쳤다.

왜 난 그 냉정한 남자를 자꾸 의식하는 걸까? 홍콩거리에 나 혼자 내버려 둔 채 아무렇지 않게 취재를 가버린 일벌레를⋯⋯.

"대답하지 않아도 돼요, 아스카 씨. 저도 듣고 싶지 않아요."

왕 사장님은 달콤하게 귓가에서 속삭였다.

"당신은 식(食)과 색(色)의 재능을 타고났고, 또 너무나 사랑스러워요. 그래서 제가 그만 언감생심 꿈을 꿔버렸군요. 당신과 함께하는 꿈을……."

"정말요……?"

"네. 정말이에요."

왕 사장님이 날 앞으로 돌렸다.

부끄러울 정도로 다리를 크게 벌린 채 왕 사장님 밑에 깔린 나는 수치심에 고개를 돌렸다.

왕 사장님이 허리를 아래로 지그시 누르자 뜨거운 기둥이 점점 더 깊은 곳으로 내리꽂혔다. 나는 자지러지듯 비명을 내질렀다.

"아아아, 아악! 사장님……!"

"아아…… 기분 좋아……."

"이대로 당신 속에 파묻혀 버릴 것 같아……."

애틋한 표정으로 눈을 감는 그를 보자 마음이 어수선했다.

나도 이대로, 그냥 이대로 왕 사장님에게 파묻혀 버리는 게 행복할지도…… 모르…… 지만…….

격렬한 피스톤 운동이 시작되자 나는 다시 쾌락의 소용돌이 속으로 빨려 들어갔다.

"아악……! 아아……! 와, 왕 사장님! 아…… 아윽……! 하아아아아악!"

"아아……. 그런 표정으로 자극하지 말아요. 그럼 제

가…… 제가……!"

사정을 참는 듯, 내 뒷다리를 받치던 왕 사장님의 팔 근육이 불끈 솟아올랐다.

"괜찮아요! 참지 말아요! 그냥…… 뿜어주세요……!"

나는 그의 리듬에 맞춰 정신없이 허리를 들썩이며 외쳤다. 담아내고 싶어, 저 뜨거운 것을, 내 안에……. 아아아……! 나는 대체……

나는 대체 어떡하고 싶은 걸까……?

"어라?"

욕조 안에서 팔을 만져본 나는 깜짝 놀라 소리쳤다.

"평소보다 피부가 매끄러운 것 같아요!"

"그거 잘됐군요."

왕 사장님이 뒤에서 다정하게 팔을 둘렀다.

"원래 성애는 젊음을 유지하는 최고의 묘약이랍니다."

그가 내 어깨에 턱을 괴더니 약간은 놀리듯 말을 이었다.

"그렇다고 너무 많이 하면 독이 되니까 조심해요, 아스카 씨."

"그, 그렇게 많이는 안 해요!"

"후후. 과연 그럴까요?"

유쾌한 표정으로 나를 놀리는 왕 사장님.

몸을 맞대고 난 다음이라 그런지 왠지 편안한 분위기였다.

"뭐…… 사랑이 있다면 괜찮겠죠."

"사랑이 없으면 안 되나요?"

"성애는 생명을 포개는 거예요. 바싹 밀착한 채 서로에게 기를 보충해 주는 행위이기 때문에 상대를 잘 고르지 않으면……."

"사랑 없이도 기분 좋게 즐길 수는 있잖아요."

나는 일부러 말대꾸를 해봤다.

왕 사장님이 '어이쿠야……' 하고 너털웃음을 지었다.

"나쁜 짓만 하고 다녔군?"

갑자기 귓가에 대고 속삭이는 친근한 말투에 가슴이 두근거렸다.

왠지 묘하게 에로틱하잖아, 이거!

"그, 그런 적 없어요……!"

나는 괜히 발끈하면 대답했다.

왕 사장님이 뒤에서 다정하게 내 팔을 잡았다.

그리고 손바닥에서 팔꿈치까지 지압을 하듯 마사지를 해줬다.

아, 기분 좋아…….

"사랑이 없으면 안 돼요."

아…… 다시 존댓말로 돌아왔다.

"…그럼 사귀는 사이가 아니면 안 되는 거예요?"

지금까지의 여행을 떠올리면서 나는 다시 물었다. 내 딴에는 짧은 사랑을 한 것이지만…….

"아뇨. 그런 의미가 아니라……."

왕 사장님이 미소 지었다.

"사랑이 담긴 행위여야 한다는 거예요. 충동적인 교접이 아니라."

"그럼 SM은 어때요? 놀이같이 즐기는 거⋯⋯."

"갑자기 왜 이렇게 집요하죠?"

왕 사장님이 쓴웃음을 지었다.

구, 궁금하니까 그렇지!

"호기심이 왕성해서 좋네요. 이것도 아스카 씨의 매력 중 하나예요."

왕 사장님의 입술이 살그머니 내 관자놀이에 와 닿았다. 아⋯⋯.

"성희(性戱)는 어떤 형태든 상관없지 않을까요. 오히려⋯⋯ SM같이 위험을 동반하는 플레이는 신뢰관계가 없으면 사실은 즐기기 어려워요. 은밀한 욕망을 표출하면서 상대에게 그대로 몸을 맡겨야 하니까⋯⋯."

"흐음⋯⋯."

내가 뭐라고 대꾸를 못하고 가만히 있자, 왕 사장님이 아, 하고 뭔가 깨달은 듯 물어왔다.

"해보고 싶어요?"

"예⋯⋯?"

무, 묶인다든지⋯⋯?

눈을 가린다든지? 아니면⋯⋯ 또⋯⋯.

그래. 왕 사장님이라면 안심일지도.

실컷 쾌락에 몰두하다 보면 그동안 맛보지 못한 황홀한 세상을 경험할 수 있을 것 같아.

"하, 하지만…… 아앗……!"

"가만히……."

아아아!!!

하고 속으로 비명을 지르던 순간이었다.

침실 쪽에서 핸드폰 벨소리가 들리는 것 같았다.

무슨 소리지……? 아, 혹시 내 전화?!

"아까부터 계속 전화벨이 울리더라고요."

"예?!"

말도 안 돼! 전혀 안 들렸는데? 정말 혼이 나갔었나 보구나! 편집장님한테 온 전화면 어떡하지?!

당황해서 벌떡 일어서려는 나를 왕 사장님이 뒤에서 꼭 끌어안았다.

"'둔한 남자' 한테 온 건가요?"

"예……?"

"보내고 싶지 않은데……."

내 허리께를 간질이던 그의 분신이 점점 고개를 쳐드는 것이 느껴졌다.

그리고 내 그곳을 쿡…….

"아, 안 돼요! 왕 사장님! 이러지…… 아, 아, 아……!"

아앙………!!!

*　　　*　　　*

전화는 편집장이 아니라 레오한테서 걸려온 것이었다.

맛있는 곳을 찾았으니 나오라는 것이었다.

센트럴에 자리한 홍콩에서 제일 오래됐다는 전통 얌차 레스토랑.

실내에는 종업원들이 쟁반을 어깨에 걸치고 갓 만들어진 딤섬을 판매하러 돌아다니고 있었다.

"지금은 주로 수레에 얹어서 다니지만 저게 홍콩의 전통적인 얌차 스타일이랍니다." 라고 소개하는 왕 사장님.

인도인 도어보이의 안내로 레오가 레스토랑 안에 들어왔다.

"레오~! 여기야, 여기!"

"오~ 아스카!"

레오가 싱긋 웃으며 손을 흔들었다. 하지만 옆에 왕 사장님이 있는 걸 보자 의아한 표정을 지었다.

"어라? 어떻게 둘이 같이……?"

계속 같이 있었어?

…하고 묻는 것 같은 표정.

"그게 그러니까…… 여기저기 안내를 해주셨어! 나 영어 잘 못하잖아!"

"흐~음……."

레오가 못마땅한 표정으로 의자에 앉더니 탐색하는 것 같은 눈빛으로 왕 사장님을 바라봤다.

"아스카 녀석이 폐를 끼쳤나 보네요. 하여간 뻔뻔하기는!"

"아니에요. 호기심이 왕성한 아가씨라 저도 재미있는 시간 보냈습니다."

왕 사장님이 레오를 향해 빙긋 웃어 보였다.

으아악~ 조마조마해!

종업원이 왕 사장님에게 관동어로 말을 걸었다. 왕 사장님이 고개를 끄덕이자 종업원은 테이블에 대나무로 된 찜통을 놓았다.

뚜껑을 열자 하얀 김이 확 올라왔다. 와아, 하며 안을 들여다본 나는 꺅! 하고 질색을 하며 뒤로 물러섰다.

다, 닭발~~~?!

"시잡칭펑자우. 이름이 어렵죠? 닭발을 쪄서 더우츠라는 중국식 조미료로 양념을 한 요리예요. 보기에 징그러워서 피하는 분이 많지만 맛은 좋답니다."

나는 주저하며 닭발을 입으로 가져갔다.

앗? 의외로 쫀득쫀득하고 씹히는 맛이 있네?!

"감칠맛이 있네요. 생강이 들어가서인지 향기도 산뜻해요."

"콜라겐이 잔뜩 들어 있어서 피부에도 아주 좋답니다. 금목서의 향기가 느껴지는 ××× 라고 하는 젤리나 ××× 라고 하는 바삭한 파이도 일본 여성의 입에 잘 맞을 것 같아요."

…엣, 뭐라고?! 잠깐만요!

"죄송해요. 다시 한 번만 말씀해 주실래요?"

왕 사장님이 후훗, 하고 미소를 지었다.

"다음에 정리해서 메일로 보내 드릴게요. …그럼 저는 이만 실례해야겠네요."

"엣……."

"에스코트 해주실 분도 나타났으니까."

왕 사장님이 일어나면서 레오의 어깨를 가볍게 두드렸다.

"보스한테 꼭 전해주세요. 아무리 홍콩의 치안이 좋다고 해도 이렇게 귀여운 여성을 혼자 걷게 해서야 되겠어요?"

레오는 심통 맞은 표정으로 입을 다물고 있었다.

응? 얼굴은 왜 빨개지고 그래?

"이, 이 녀석은 괜찮아요!"

"저런. 괜히 마음에도 없는 말씀을……."

"그, 그, 그게 무, 무, 무슨……!"

레오가 말까지 더듬는 모습에 한 번 더 웃음을 터뜨린 왕 사장님을 날 돌아보았다.

"그럼 아스카 씨……. 저는 이만 가보겠습니다. 아무쪼록 즐거운…… 즐거운 인생을 여행하세요."

나는 깜짝 놀라 왕 사장님의 얼굴을 쳐다봤다. 왜 영영 못 만날 사람처럼 말하지……?

"왕 사장님! …또 만나주실 거죠?"

미소를 머금은 다정한 눈동자에 일순 애절한 그림자가 스친 것 같은 기분이 들었다.

"네. 아스카 씨가 원한다면 언제든지. 전 계속 그곳에 있을 테니까요. …하지만. 당신은 달리 가야 할 장소가 있잖아요?"

아까는 못 가게 막았으면서.

뒤돌아보지 않고 사라져 가는 왕 사장님의 뒷모습을 바라보면서 나는 왠지 홀로 남겨진 것 같은 쓸쓸한 기분이 들었다.

가야 할 장소…….

그럴까?

…가고 싶긴 하지만.

왠지 그곳에는 닿을 수 없을 것만 같은 기분이 들어…….

"뭐야? 무슨 얘기야?"

레오가 눈을 가늘게 뜨며 날 째려봤다.

"아, 아무것도 아니야!"

"흐음……. 왠지 수상한데……?"

"어림잡지 마! 나는 그냥…… 왕 사장님한테 여러 가지를 배웠을 뿐이야."

「사랑해요…….」

달콤한 속삭임이 귓가에 맴돌자 눈물이 핑 돌았다. 아―아…….

"으이그! 넌 남자한테 너무 끼를 부려!"

"뭐라고?!"

"인기도 없는 주제에. 재수 없게."

"죽을래?!"

나도 몰래 탁자에 놓인 물수건을 던졌다. 그걸 피한 레오는 딤섬을 우걱우걱 먹어치운 후 '그만 가자' 하고 멋대로 일어서 버렸다.

"벌써? 어디 가려고?"

"잔말 말고 따라와. 급해."

레오는 내 팔을 잡아끌더니 빅토리아 하버를 건너는 스타페리에 탑승했다.

그러고 보니 벌써 어둠이 짙게 깔려 있었다.

취재는 하나도 못했는데!

하지만…….

"우와~! 야경이 너무 예쁘다!"

양쪽 연안에 늘어선 휘황찬란한 마천루. 그것만으로도 감탄사가 터져 나왔는데,

갑자기 신나는 음악과 함께 화려한 레이저 불빛이 밤하늘을 수놓기 시작했다.

"에―! 뭐야, 이거?! 너무 예쁘다!"

페리 갑판에서 환성을 지르는 나를 보며 레오가 득의만만한 표정으로 코를 슥 문질렀다.

"심포니 오브 라이츠. 몰랐어? 홍콩의 명물 레이저쇼잖아."

"그래? 몰랐어! 굉장해! 너무 아름다워!"

"매일 밤 여덟 시 정각에 시작해서 십오 분간 해준대."

그렇구나. 이걸 보려고 그렇게 서둘렀구나.

헤에……. 레오 주제에 제법인데?!

나는 시원한 바닷바람을 맞으며 이국의 정취가 가득한 불빛을 바라봤다.

홍콩은 정말 반짝반짝 빛나는 도시구나.

뜨거운 열기와 시끌벅적한 거리. 그곳을 오가는 화려한 사람들……

정신없이 구경하고 있다 보니, 문득 쓸쓸해졌다.

"편집장님도 같이 봤으면 좋았을 텐데."

그렇게 말하면서 레오를 쳐다보자 레오는 왠지 못마땅한 듯 입을 삐죽 내밀었다.

어라?

내가 뭐 잘못 말했나?

"…아스카 너 말이야, 혹시 편집장님 좋아해?"

"뭐, 뭐어어어~~~???"

나는 괜히 뜨끔해서 언성을 높이고 말았다. 가, 갑자기 왜 그런 걸!

어쩌지? 들켰나……?

"말도 안 돼! 상사잖아?!"

"상사가 무슨 상관이야."

레오는 토라진 표정으로 페리의 난간에 팔꿈치를 괬다.

그 어깨 너머로 보이는 빛의 제전. 수면에 반사된 빛이 레오의 뺨에 비쳤다. 어라, 이렇게 보니까 레오도 꽤 멋있는데?

"넌 참 얼굴만 괜찮아."

"뭐라고?!"

레오가 발끈해서 소리쳤다.

"뭐야! 갑자기 뜬금없이! 그보다 편집장님 어떻게 생각하냐고!"

"그, 그런 걸 네가 왜 물어?! 앗! 혹시 너……! 편집장님, 좋아해?"

"하아—?!!"

레오가 어이없는 표정으로 눈을 부라렸다.

"무슨 소리야!"

"괜찮아. 나한테는 말해도 돼. 그런 데에 편견 없으니까."

"죽고 싶어, 진짜?!"

빅토리아 하버에 레오의 포효가 울려 퍼졌다.

흐음. 대충 얼버무렸나?

좋았어!

난 핸드폰을 꺼냈다. 슬슬 편집장님께 연락을…… 앗!

"아~! 어떡해! 부재중 전화가 세 건이나! 편집장님한테서!"

"진짜?! 헉! 나한테도!!!"

큰일 났다! 우리는 서로 마주보면서 웃음을 터뜨렸다.

아아, 또 야단 맞겠네…….

＊　　　＊　　　＊

더 페닌슐라 홍콩에서의 애프터눈 티.

모든 여자들이 꿈꾸는 환상적인 데이트 아닐까?

…굉장해! 그것도 편집장님과 단둘이!

호텔 종업원에게 유창한 영어로 주문을 마친 특히나 잘생겨 보이는 편집장님.

왜 외국어를 잘 하는 사람들은 더 멋있어 보이는 걸까?

"응? 왜? 내 얼굴에 뭐라도 묻었어?"

"아, 아니에요!"

안 돼. 정신 차리자.

나도 몰래 넋을 놔버렸네.

공기마저 다르게 느껴지는 외국의 거리. 고급스러운 공간.

사무실에서 항상 보던 옆모습이 평소보다 훨씬 더, 평소보다 좀 더 멋있게 보여서 난처했다.

우아한 삼단 스탠드에 얹힌 가지각색의 케이크, 쿠키, 스콘, 샌드위치를 보고 환성을 지르고 싶었지만 얌전히 있어야 할 것 같아 겨우 참았다.

서버가 정성들여 닦은 것 같은 은색 포트를 가져와 내 피치 티와 편집장님의 아몬드 티를 따라줬다.

멋져! 꼭 집사 같아!

우와~ 향기 정말 좋다♪

"아스카. 왜 홍콩에 애프터눈 티를 즐기는 관습이 생겼는지 알아?"

아이 참! 오랜만에 우아하게 기분 좀 내려는데 또 시험이에요?

"오랜 시간 영국의 지배를 받았기 때문에요. 이게 다 영국 전통 스타일의 삼단 스탠드와 홍차잖아요."

"호오……. 대충은 알고 있군."

"너무해요 편집장님! 이런 건 관광객도 알고 있다고요!"

하긴. 전 어차피 아직 머리에 피도 안 마른 햇병아리 푸드 저널리스트니까요.

아아, 편집장님은 정말이지 멋대가리가 없어.

이렇게 세련된 순간에 어울리는 대화도 있잖아요? 그러니까…… 예를 들면…….

그렇게 생각하면서 있을까 말까 한 용기를 쥐어 짜내 평소와는 다른 내 모습을 보여줘 볼까 고민한 순간이었다.

"늦어서 죄송합니다!"

아아, 또 레오 녀석이야.

하여튼 이 방해꾼은 빠지는 데가 없지!

…그래. 어차피 데이트가 아니라 일이잖아. 응. 알고 있어.

신나는 레이저쇼를 관람하던 와중에 편집장님이 오늘 오전 집합 명령을 내리셨다.

부리나케 준비하고 이곳에 와보니 혼자 계시길래 데이트 분위기를 내볼까 했더니, 좋은 타이밍에 레오가 나타난 것이다.

레오가 머쓱하게 자리에 앉자 편집장님이 물었다.

"취재는 어땠어. 건질 만한 게 좀 있던가?"

"하하! 그럼요! 걱정 마세요!"

"정말~? 정말이지 녀석들, 어제까지는 아무 성과도 없었잖아."

쩝……

"아니에요! 전 그러니까…… 식(食)과 미(美)의 관계에 대해 고찰을……"

우우. '식(食)과 색(色)'이라고는 도저히 말 못하겠어…….

"맛있다, 편안하다고 느끼는 것에서 생명력이 움튼다는 걸 느꼈어요."

"호오, 그럴싸한데?"

"왕 사장님이 레시피도 제공해 주시겠다고 하셨어요."

"흐음……"

편집장님이 따뜻한 스콘을 한입 베어 물더니 '맛있어!' 하고 감탄하는 것 같은 표정을 지었다.

앗. 이럴 때 너무 귀엽다니까…….

"그래. 그럼 약선 요리 페이지는 아스카에게 맡겨볼까?"

"예? 정말요? 고맙습니다!"

"이번호 특집 중에서도 메인이야. 분량이 상당하겠지만 잘 할 수 있지?"

"네! 열심히 할게요!"

우와! 어깨가 무거워!

어떡하지~? 떨려!

하지만 메인 기사를 맡게 되다니 너무 기뻤다. 드디어 편집장님께 제대로 된 기자로 인정받은 것 같은 기분이 들었다.

"정말 할 수 있겠어?"

"네! 왕 사장님이나 약선 레스토랑의 사장님도 친절했고, 분명히 다른 요리 연구가 분들도 도와줄 거고…… 앗!"

이런.

혼자 힘으로 할 생각은 안 하고 다른 사람한테 기대기만 하는 것 같을까?

순간적으로 안이한 생각만 한다고 혼날 줄 알았는데 편집장님은 의외로 다정하게 미소 지었다.

"그래. 무리하지 말고 아는 사람에게 조언을 구해가며 너다운 페이지를 만들어봐."

다, 다행이다.

"네. 가능한 한 혼자 열심히 해볼게요……."

"일은 혼자 하는 게 아니야. 기분 좋은 협력으로 완성되는 거지."

"네. 알겠습니다."

"그게 네 장점이니까."

에? 무슨 말이지?

의미를 파악하지 못하는 내게 편집장님이 추억 속의 이름을 열거했다.

"넌 사람의 마음을 부드럽게 만드는 재주가 있어. 내 후배 기억하지? 교토에서 다도를 하는……."

"아, 사가 잇세이 씨? 그럼요!"

"꽤 까칠한 녀석인데 널 엄청 칭찬하더라고. 다음에 다시 만나고 싶다고 하던데?"

"진짜요? 좋아요! 저도 다시 뵙고 싶어요!"

"이세시마의 이가미 사키 씨 때도 좋은 사진을 찍어 왔잖아."

"아, 아아……. 그건…… 그렇죠……."

이라?

어째 다들 밤을 같이 보낸 사람들이잖아.

긴장으로 입꼬리가 이상하게 꿈틀거릴 거 같다.

"사람들이 널 참 아끼는 것 같아. 붙임성이 있어서인가? 나한테는 없는 부분이니까 부러울 따름이지.

"엣, 부러워요……?"

편집장님이?

깜짝 놀라는 나에게 편집장님이 겸연쩍은 듯 헛기침을 했다.

"뭐, 어쨌든 그렇다고. 모두의 도움을 받아서 어떻게든 잘해봐."

"네!"

"아참."

레오가 갑자기 끼어들었다.

"이 호텔에 행운을 부르는 도장을 파주는 가게가 있대요. 재미있을 것 같은데 취재해 볼까요?"

"행운?! 나! 나! 나도 만들고 싶어!"

짝사랑을 이뤄주길!

혼자 힘으로는 요원하니 신에게 기도할 수밖에.

하지만 편집장님은 떨떠름한 표정이었다.

"음식하고는 관계가 없잖아."

"그래도…… 홍콩에서는 풍수도 발달했고 하니 재밌지 않을까요?"

"그건 그렇지만 우리가 취재할 곳은 아니야. 일이 끝나고 여유가 있으면 개인적으로 가봐."

"네……."

레오가 고개를 수그리고 날 향해 중얼거렸다.

"그럼 있다가 같이 가자."

"응……."

"어이쿠. 벌써 네 시나 됐군. 다시 취재하러 가야지."

편집장님이 자리에서 일어섰다.

앗, 잠깐만요!

나는 허둥지둥 잔에 남은 피치 티를 마저 마셨다.

"저기…… 편집장님."

레오가 비실비실 중얼거렸다.

"저…… 지금부터 아스카랑 같이 다니면 안 될까요?"

"응? 왜?"

"아니 그게~ 곧 어두워질 텐데……. 어제 왕 사장님이…… 여자 혼자 걸으면 위험하다고…….

엣, 레오! '이 녀석은 괜찮아요!' 라고 외치던 그 레오 맞아?

레오는 멋쩍은 듯 얼굴을 붉혔다. 흐음. 이럴 때 보면 역시 얼굴 외에도 좋은 점이 있긴 해!

편집장님이 '흐음……' 하고 팔짱을 끼며 생각에 잠겼다.

"그럼 내가 같이 다니지."

"에엣?!"

"예?!"

레오와 나는 동시에 소리를 질렀다. 거짓말! 왜?!

"너희 둘이 붙으면 금방 놀러 다닐 거잖아."

"아, 안 그럴 거예요!"

"농담이야. 아무튼 아스카는 내가 데리고 다니지."

"쳇! 그럼 저도 같이 갈래요! 혼자는 심심하단 말이에요!"

"레오."

편집장님이 타이르듯 말했다.

"첫 해외 취재라 불안한 건 알지만 정신 차려야 해. 혹시 내가 없어지면……."

에?

순간 나는 귀를 의심했다.

편집장님이 차분한 목소리로 말을 이었다.

"알았지? 그러니까 분발해. 혹시 내가 없어지면 네가 편집장이라고."

혹시 내가 없어지면 네가 편집장이라고⋯⋯? 그게 무슨 말이야!

싫어! 편집장님! 아무데도 가면 안 돼요⋯⋯!

사랑 따위 이뤄지지 않아도 좋아.

쭉, 언제나 이대로,

당신 곁에서 언제나 소란스러운 편집부의 일상을

함께하고 싶단 말이에요⋯⋯.

활기에 찬 홍콩의 밤거리.

줄줄이 노점이 늘어선 네이던 로드 야시장의 인파에 휩쓸리면서 나는 필사적으로 편집장님의 뒤를 쫓았다.

"기다려 주세요! 편집장님! 잠깐만⋯⋯ 꺄앗!"

웬 상인이 갑자기 내 팔을 낚아챘다. 어설픈 일본어로 가짜 명품백을 권하며 가게 안으로 끌고 들어가려고 했다.

"아니! 필요 없다니까! 편집장님―! 꺄앗!"

"뭐하는 거야?!"

편집장님이 내 어깨를 감싸 안으며 상인을 쫓아냈다. 아아, 다행이다⋯⋯.

"정신을 어디다 놓고 다니는 거야? 위험했잖아."

"죄송합니다⋯⋯."

편집장님의 품에 안겼으니 기뻐야 하는데 아까의 말이 자꾸 맴돌아서 조금도 마음이 들뜨지 않았다…….

"저기, 편집장님……."

"앗! 포장마차다."

야외에 테이블을 내놓은 포장마차 거리가 나타났다. 해산물을 눈앞에서 조리해 주는데 오징어다리 튀김을 단돈 몇 백엔에 먹을 수 있었다.

이 지역의 B급 구르메로군.

편집장님의 표정이 환하게 밝아졌다.

"사실 난 이런 잡다스러운 분위기가 좋아."

그랬구나. 몰랐어.

모르는 게 너무 많아.

금방이라도 부서질 것 같은 의자에 앉은 나는 편집장님의 얼굴을 물끄러미 바라봤다.

"전직 같은 거 안 하실 거죠?"

"응? 갑자기 무슨 소리야?"

"갑작스러운 건 편집장님이에요! 혹시 없어지다니! 그게 무슨 뜻이에요?"

편집장님은 옷소매를 붙들고 불안한 표정으로 따지는 나를 보더니 피식 웃음을 터뜨렸다. 뭐, 뭐지?

"바보 아냐? 진심으로 받아들였어? 그건 레오를 협박한 거야."

"에? 협박……? 왜요?"

"그렇게 하지 않으면 진지해지지 않으니까. 남자라는 동물은……."

화려하게 빛나는 네온에 비친 편집장님의 옆모습에 희미한 미소가 번졌다.

"응석부리지 말고 아무 생각 없이 돌진하지 않으면 안 될 때가 있어. 한 사람의 어엿한 사회인이 되기 위해서는……. 내 생각이 너무 고루한가?"

아니오.

나는 고개를 흔들며 칭다오 맥주를 편집장님의 컵에 따랐다.

"이 맛이야!"

꿀꺽꿀꺽 마신 뒤 환하게 웃는 얼굴.

보는 나까지 기분이 좋아졌다.

나야말로 고루한가?

쭉 곁에 붙어서 이렇게 모시고 싶다니.

"그리고 실제로, 혹시 잡지가 폐간되기라도 하면……."

엣? 나는 깜짝 놀랐지만 편집장님은 아무렇지 않게 말을 이었다.

"난 어딘가 없어지고 너랑 레오 둘이서 잡지를 창간하게 될지도 모르지. 그때 레오가 좀 더……."

"그런 일은 없을 거예요!"

편집장의 말을 끊고 나는 맥주를 벌컥벌컥 마셨다. 그런 얘기 싫어!

"폐간 따위 안 시킬 거예요. 발행부수를 늘리면 되잖아요?

이번 약선 특집은 아마 많은 여성들이 관심을 가질걸요? 꼭 그렇게 만들 거예요!"

자신은 없지만, 난 그렇게 단언했다. 괜찮아. 할 수 있어. 나쁜 상상은 하지 말자.

편집장님이 웃음을 터뜨렸다.

"이야⋯⋯. 정말 든든한데?"

"아이참! 저는 정말 편집장님이랑 쭉 같이 있고 싶단 말이에요!"

우왓! 얼떨결에 말해 버렸ㅡ! 펴, 편집장님의 얼굴을 똑바로 볼 수가 없어⋯⋯.

힐끗 고개를 돌려 눈치를 살피니 편집장님도 얼굴을 붉히는 것 같았다.

하지만⋯⋯.

"그래. 그럼 나도 좀 더 분발해야겠군."

편집장님은 그렇게 말하더니 젓가락으로 테이블에 놓인 해산물 요리를 집었다.

아⋯⋯ 눈치 못 챘나봐.

왠지 실망스럽기도 하고 다행스럽기도 한⋯⋯.

"하지만 말이지, 너도 기자라고는 하지만 언젠가는 편집장이 될 날이 올지도 몰라."

"싫어요! 전 절대 관리자가 되고 싶지 않아요!"

"바보. 언제까지 응석을 부릴 거야? 혹시 모를 때를 대비해서 여러 가지 경험을 쌓았으면 한 건데."

맞다…….

편집장님과 어깨가 닿을 것 같은 거리에서 나는 지난 일 년간의 모험을 떠올렸다.

「좋은 경험 쌓고 와.」

그 한마디와 함께 여행을 떠나 언제나 애절한 마음으로 돌아왔지…….

"홋카이도에 살 맴은 없는가?"
홋카이도의 소타 씨.

"도쿄에 돌아가지 마……."
오키나와의 류마 씨.

"나의 아그레아블……."
야마나시의 이치미야 씨.

"여기 있는 동안 당신은 내 거야."
이세시마의 사키 씨.

"귀엽게 생긴 얼굴로 그런 말을……."
교토의 잇세이 씨.

"좋지 누나? 나랑 사귀자."
오사카의 류.

"지금까지의 남자는 전부 잊게 해주지……!"
하카타의 유스케 씨.

"저도…… 모르겠어요……."
사누키의 준 씨.

"…제발 부탁이에요. 결혼을 전제로 저랑 교제해 주세요……!"
신슈의 카즈야 씨.

"내 곁에 있어줘……. 소중하게 대해줄게."
시즈오카의 슈우토 씨.

"이대로 산산조각 내버리고 싶어, 널……."
요코하마의 타카시 선장님.

그리고…… 홍콩에서 만난 왕 사장님.
"좀 더 사랑하게 해주세요. 당신을……."

한 사람도 잊을 수 없다.

그 순간 그 사람을 사랑한 나 자신도.

너무 제멋대로인가?

하지만 여러 가지 감정을 알게 되면서 마음은 점점 깊어지는 것 같은걸.

갑자기 내 핸드폰이 울리더니 금방 끊어졌다.

액정을 확인하니 레오.

뭐야! 왜 금방 끊고 그래?!

피식 웃음이 터져 나왔다. 일 년 전이라면 그냥 지나쳤을지도 모르지만, 지금은 왠지 알 것 같다. 레오의 태도를.

"편집장님. 레오 불러도 돼요?"

"뭐라고?! 이 녀석, 벌써 포기한 거야?!"

"심심해서 그럴 거예요. 아직 어린애잖아요."

편집장님이 키득키득 웃었다.

"녀석……. 아무래도 아스카 네가 없으면 안 되겠다."

"편집장님은요? 편집장님은 제가 없어도 괜찮아요?"

나도 모르게 이런 대담한 질문을!

이게 다 혼잡한 야시장처럼 뒤죽박죽이 돼가는 타국의 밤의 분위기 때문이다.

편집장님이 순간 난처한 표정을 지었다. 그리고 미소를 머금고 눈을 가늘게 뜨면서 말했다…….

"아니지. 네가 있으니까 나도 편집장으로 있을 수 있는걸."

"에—? 무슨 뜻이에요?"

"부하가 없으면 상사가 될 수 없잖아."

"칫! 그런 말을 듣고 싶은 게 아닌데!"

나는 다리를 버둥거리며 투정을 부렸다. 하하하! 하고 유쾌하게 웃어넘기는 편집장님의 옆얼굴.

정말 눈치 못 챈 거예요?

아니면 눈치 못 챈 척 하는 거예요?

하지만 나는 이런 나날이 꽤 좋다.

레오가 풀이 죽은 채 우리가 있는 곳으로 찾아왔다. 난 '똑바로 해!' 하며 레오의 등을 두드렸다.

"시, 시끄러—!"

레오가 발끈하자 편집장님이 '아, 둘 다 시끄러워' 하고 맥주잔을 비웠다.

난 이곳이 너무 좋다.

앞으로도 여기서 계속 열심히 할게요.

그래도 되죠, 편집장님?

『꽃미남 구르메』 완결